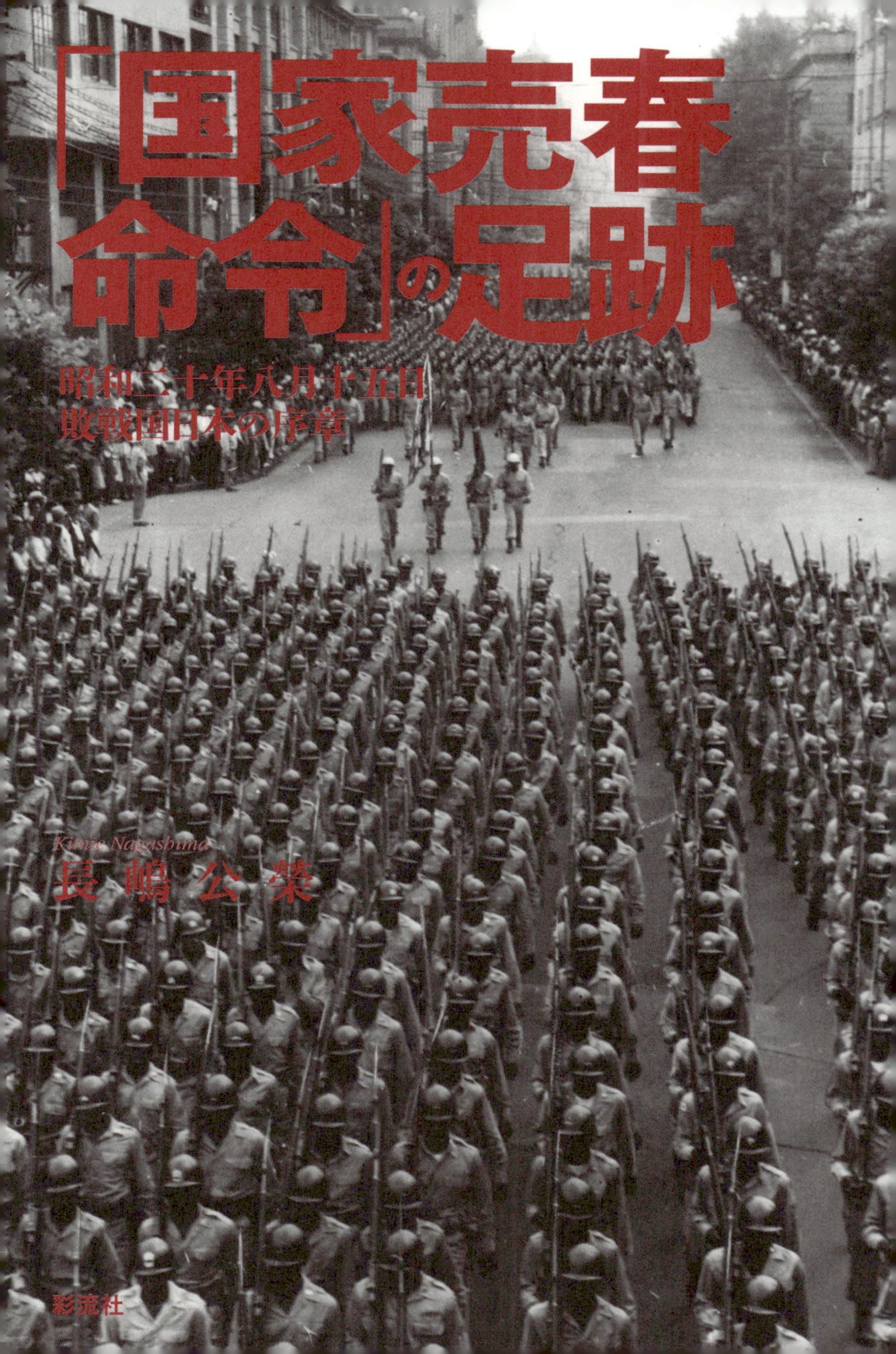

「国家売春命令」の足跡

昭和二十年八月十五日
敗戦国日本の序章

Kimie Nagashima
長嶋公榮

彩流社

目次

「国家売春命令」の足跡

一　敗戦国の国策「国家売春命令」の発令

一九四五年（昭和二十年）八月二十一日、永田町の首相官邸の一室では、東久邇《ひがしくに》内閣の閣僚らが終戦処理に関する重要な閣議をおこなっていた。閣議に列席しているのは、首相東久邇宮《ひがしくにのみや》稔彦王《なるひこおう》をはじめ、次のようなメンバーである。近衛文麿《このえふみまろ》国務相、外相兼大東亜相重光葵《しげみつまもる》、内相山崎巖《やまざきいわお》、蔵相津島寿一《つしまじゅいち》、海相米内光政《よないみつまさ》、法相岩田宙造《いわたちゅうぞう》、農商相千石興太郎《せんごくこうたろう》、軍需相中島知久平《なかじまちくへい》、運輸相小日山直登《こびやまなおと》、厚相兼文相松村謙三《まつむらけんぞう》。

八月十五日、ポツダム宣言受諾、天皇が戦争終結の詔書《しょうしょ》を放送（玉音放送）第二次世界大戦終結。八月十六日鈴木貫太郎内閣総辞職。八月十七日皇族の東久邇宮稔彦内閣成立。というあわただしい時の推移の中で行われた閣議であった

議題は、終戦処理に関する連合軍の諸要求事項である。中央終戦連絡事務局、ダグラス・マッカーサー元帥の総司令部からの要求書をマニラから持ち帰り、閣僚諸氏に説明しているのは全権委員・軍使の河辺虎四郎《かわべとらしろう》陸軍中将。どの要求項目も現状では履行困難な厳しい内容であった。

閣僚たちが最も重要な案件としてとり上げたのは、進駐してくる連合軍将兵らの慰安問題であった。閣僚たちは不慣れな課題だけに、頭を抱えるばかりで空論ともいえる議論をつづけるばかりだった。河辺陸軍中将は連合軍の軍規は厳しく、欧州上陸軍の行方不明者中、約半数は婦女暴行の罪で死刑にされたそうだから、慰安施設の提供は拒否するだろうと言った。だが近衛文麿国務相の念頭には、戦時中大陸に日本軍慰安所が設置されていたことがあった。いくら軍規が厳しいといっても、兵がみな占領の目的や意義をわきまえているわけではない。進駐が長期化すれば禁欲による暴行沙汰が起きるのは目に見えている。

米兵による強姦事件などが多発すれば軍人や復員兵を刺激し、不穏な行動が起こるかもしれないのである。四千万の大和撫子の純潔を守るための防波堤として、連合軍相手の慰安施設を造る必要があるという自説を強く主張した。

閣僚たちの苦渋の結論は、近衛国務相の意見を容認する国家売春命令だった。そして「国際親善組織」が設立する運びとなったのである。閣議後、近衛文麿国務相は坂信弥《さかのぶよし》警視総監を呼びよせ、早急に組織を設立するよう命じた。坂警視総監も敗戦後の混乱した世情に不安を抱いており、連合軍将兵が進駐してくれれば、それに拍車がかかることを恐れていた。また自身も鹿児島県鹿屋特攻基地に慰安施設をつくった経験もあるので、治安維持に役立つのならばと鼓舞するものがあった。国家売春命令は帝国の治安を守り、良家の婦女子を将兵の性暴力から守るという、国の強い意思でもあった。
坂警視総監を媒介にして警視庁と内閣の思惑が合致し、また情報収集係が連合軍の新聞記者から、マニラ、沖縄に駐留の米兵は日本の慰安所での接待を期待しているといった情報を収集していたので、慰安所設置は実現化する運びとなった。内務省は橋本政実内務省警保局長から全国の各警察署長宛に、左記のような無電秘密通達を発した。

外国軍駐屯地に於る慰安施設について

外国軍駐屯地に於ては別記要領に依り之が慰安施設等設備の要あるも本件取扱に付ては極めて慎重を要するに付特に左記事項留意の上遺憾なきを期せられ度。

記

一　外国軍の駐屯地区及時季は目下全く予想し得ざるところなれば必ず貴県に駐屯するが如き感を懐き一般に動揺を来さしむが如きことなかるべきこと。
二　駐屯せる場合は急速に開設を要するものなるに付内部的には予め手筈を定め置くこととし外部には絶対に之を漏洩《ろうえい》せざること。
三　本件実施に当たりて日本人の保護を趣旨とするものなることを理解せしめ地方民をして誤解を生ぜしめざること。

（別記）外国駐屯軍慰安施設等整備要領

一　外国駐屯軍に対する営業行為は一定の区域を限定して従来の取締標準にかかわらず之を許可するものとす。

二　前記の区域は警察署長に於て之を認定するものとし日本人の施設利用は之を禁ずるものとする。

三　警察署長は左の営業に付ては積極的に指導を行ひ設備の急速充実を図るものとする。

性的慰安施設

飲食施設

娯楽場

四　営業に必要なる婦女子は芸妓、公私娼妓、女給、酌婦、常習密売淫犯者等を優先的に之を充足するものとす。

右は連合軍が進駐してくると思われる地域に出された、慰安所に関する計画の基本線といえる。各警察署では業者代表との打ち合わせが始められ、慰安設備の構築に向け具体的な内容が計られた。

東京料理飲食業組合の業者たちは、新施設だけではなく、戦前からある遊郭、待合や貸座敷なども利用したい。また接客にあたる女たちも広く東京近在から募集したいと申し出た。警視総監の決裁がもとめられる案件であった。坂信弥警視総監は業者の申し出を了承した。

設立資金は当時の金で五千万円を限度に、内務省から大蔵省を通じて日本勧業銀行が業者の振り出す手形を割り引くという形をとった。実質政府による業者への融資といえる。

担保は組織を構成する七団体、東京料理飲食業組合、全国芸妓置屋同盟東京支部連合会、東京待合業組合連合会、東京都貸座敷組合、東京接待業組合連合会、東京慰安所連合会、東京練技場組合連盟の組合員の特殊預金（戦時火災保険金を凍結されたもの）の証書をあてた。

協会の目論見書には「指導委員会は内務省、外務省、大蔵省、運輸省に、東京都、警視庁の各関係を以て組織す」とある。目論見書は警視庁が認め、協会は認可される。こうして国家売春命令による慰安組織の設立は、早急にそして確実に履行されていった。

特殊慰安施設協会は、一ヶ月のちに国際親善協会（Recreation and Amusement Association 略称R・A・A）と改められるが、国家事業として正式にスタートしたのは、昭和二十年八月二十八日（辻専務理事は二十四日と主張）である。理事長に宮澤浜治郎東京料理飲食組合長。副理事長に野本源治郎、成川敏、大竹広吉。専務理事には渡辺政次、辻穣、高松八百吉。その下に十五人の常任理事が、参加団体の幹部と警視庁から出席した高乗課長と大竹係長などによって決められた。協会設立は画期的なことで、芸者屋待合と吉原の業者、そして堅気の飲食組合の業者がともに仕事をするなどとは考えられないことだったのである。

R・A・A二十二人の全役員、職員、そして来賓の官公吏が、ゲートルを巻いた国防服姿で午前九時に皇居前広場に集合し、設立の宣誓式をとりおこなった。君が代を斉唱し、宮澤理事長が宣誓文を読み上げ、一同で万歳三唱をとなえた。彼らの胸のうちには、新日本再建の足がかりとなること、四千万人の大和撫子の純潔を守るために尽力せよという政府からの要請が刻まれていた。それは彼らを戦へと駆り立てた滅私奉公《めっしほうこう》の精神と、どこか通じるものがあった。

政府の要請で設立され資金貸し付けの保証と、慰安婦募集というかつてない手段を容認されたR・A・Aは、敗戦から連合軍将兵が上陸するまでの十五日間に、関係者の必死な取り組みがなされたのである。本部事務所は東京歌舞伎座に置いたが、世間体を憚《はばか》って表向の借り主は日本野球連盟とした。そしてまもなく京橋区銀座七の七（現在の中央区銀座南部）の料理屋「幸楽」に本部を移し、事業を開始した。

東京大空襲で娼妓が多数犠牲になり、吉原遊郭では千三百人が死亡し、四十二人ほどしか残っていなかったといわれている。また地方の軍需工場へ動員したり、帰郷や地方に疎開した者も多く、東京の慰安婦数が減少しており、都内在住の公娼妓、女給、酌婦などは、総計三千五、六百人ほどしかいなかった。この接客婦の人数では、戦場から直接進駐してくる何万もの将兵を慰安するのは不可能といえた。しかし占領軍兵士たちが上陸を開始するのは八月二十六日と迫っており、一刻の猶予も許されぬという状況だった。したがって業者たちは、新施設を構築する作業と同時進行で女性の獲得に奔走することとなった。R・A・Aは仮事務所「幸楽」の前や銀座通りに、「新日本女性に告ぐ。戦後処理の国家的緊急施設の一端として進駐軍慰安の大事業に参加する新日本女性の率先協力を求む」

「女子事務員募集。年令十八才以上二十五才まで。宿舎・被服・食糧など全部支給」

といった文言を書き連ねた大看板を掲げ、女性の募集を始めた。また新聞にも、左記のような広告を掲載することとなった。

職員事務募集　募集人員五十名

「男女ヲ問ハズ高給処遇ス

外ニ語学ニ通ズル者及雑役　若干名

自筆履歴書持参毎日午後

一時ヨリ同四時迄来談ノコト

京橋区銀座七ノ一

特殊慰安施設協会

（朝日新聞・四五・八・三一）

急告
特別女子従業員募集
衣食住及高級（給）支給
前借応ズ
地方ヨリノ応募者ニ旅費ヲ支給ス
　東京都京橋区銀座七ノ一
　特殊慰安施設協会
　電話　九一九　二二八二

（毎日新聞・四五・九・三）
（秋田魁新報・四五・九・七）

銀座界隈のあちこちに掲げられた派手な大型看板は人目をひき、人々の関心を集めた。広告の意図する事柄を正しく把握することなく、職探しをしていた女性たちは広告につられて、特殊慰安施設協会の事務所に足を運んだ。

終戦まもなくの東京は被災者約三百十万人余、食糧難は深刻な状況であり、空襲で家を焼かれ行き場のない人が溢れかえっていたのである。広告に記された衣食住支給という文言が、絶望のどん底にあった女性たちにとっていかに魅力的であったか。事務所には、連日二、三十人の応募者があったという。

二　生きるため慰安婦公募に応じた娘たち

岡崎みさは早朝に横浜市黄金町の住まいを出て、銀座に来ていた。東京は見渡すかぎり焼け野原で、どこもかしこも瓦礫《がれき》の山が築かれたままの荒廃したありさまだった。それでも銀座は四丁目から新橋までの南半分が焼け残っていた。

空襲で破壊されなかった道路では人や車両の往来もあり、それなりに機能しているように見えた。しかし街の様子が以前と違って見えたので、尋ねてきた「銀座洋服店」の所在がなかなか見つからず困り果てた。開いている店のあちこちで尋ねてみたが、答えてくれる人はいなかった。

子供の頃父親に連れられ、店に遊びに行ったことがある。その頃はまだ戦争が始まっていなかったし、店も「銀座テーラー」と外国名で呼ばれ、銀座の洋服店らしい華やかな雰囲気があった。そんな記憶をたどりながら歩きまわっているうちに、探しあぐねていた洋服店がみつかった。

店のガラス戸は閉ざされ、薄汚れた白い木綿のカーテンが引かれていたが、「銀座洋服店」と記された看板の文字が、店の在りかを伝えていた。急いでガラス戸に手をかけ、拳で叩いてみたがなんの反応もなく店内に人がいる気配はなかった。よく見るとガラス戸に張り紙があり、一家が疎開している旨の伝言が記されていた。みさは呆然自失《ぼうぜんじしつ》したまま、しばらくその場に立ちつくしていた。

「銀座テーラーには、納品したまま受け取っていない金がある。困ったときは、あそこを頼ればいい」

空襲で亡くなった父親が残した言葉を頼りに、苦労して銀座までやってきたのだが、頼る相手が不在では手のうちようもなかった。父親は銀座テーラーで修行した腕のいい職人で親方の信頼も厚く、東京急行電鉄（現・京浜急行電鉄）黄金町駅近くで洋服の仕立て屋を営んでいた。金に困ったときはと父親が言ったが、横浜空襲で全身に火傷を負った母親が入院している病院から滞納している治療費を請求され、彼女はこの数日知り合いを頼りに金策に走りまわっていたのである。

横浜市内ではほとんどの病院が焼失し、中心街で唯一焼け残っていたごく小規模なY病院に無理矢理入院させてもらっていた。病院には空襲が始まってから数百人もの負傷者がつめかけ、廊下は足の踏み場のない混雑ぶりだった。一人の耳鼻科の医師と二人の看護婦がいるだけなので、医療スタッフは多忙を極めた。爆弾の傷はひどいもので、腕が片方吹っ飛んでいたり、足が取れてぶらぶらしているものもあり、耳鼻科医ではいかんともし難い。応急処置として包帯をまいて、他の病院へ収容してもらうしかなかったということだった。

母親も火傷の状態がひどいし脚も負傷しているので、十全病院（現横浜市大病院）など専門医のいる病院で治療したほうがいい、と医師は転院を促した。けれどどの医療現場も混乱していて受け入れ先はなく、転院先の見込みのないまま三ヶ月近くこの病院で面倒をみてもらっていたのである。ここを追い出されたら、母親はどうなってしまうのかといたたまれない思いで、とにかく食事代をふくめ、かかった治療費だけでも早急に支払わねばと焦っていた。

生活費を取り仕切り、何処へいくにも貯金通帳と重要書類を持ち歩いていた父親が、五月二十九日の空襲で帰らぬ人となり、所持品も失われたので途方に暮れるばかりだった。そして父親の遺言のような言葉を思い出し、やっとのこと銀座界隈に来たのだが相手が不在ではいたしかたなかった。

今朝からほとんどなにも口にしていなかっので、足がふらつき目がかすんだ。力尽きて道端にしゃがみ込んだ彼女の視界の中に、ひときわ目立つ立て看板が飛び込んできた。そこには「特別女子従業員募集。衣食住及高給支給。前借応ズ」といった文字が記されていた。仕事の内容は明記されていなかったが、終戦直後だけに募集の看板そのものが珍しかった。みさが注目したのは、前借応ズという文字だった。金策ができず追いつめられている者にとって、その文字がどれほど魅力的だったか。ほとんど無意識に手帳を取り出し、募集先とその住所電話番号を記した。

探すまでもなく銀座七丁目の募集先は、すぐ目の前にあった。もと高級料理屋と思われる造りの店さきには若い女が数人たむろしており、不安げな面もちで戸口にたてかけてある募集の看板を指さしながら、なにやら話しあっていた。女たちが問題にしているのは、看板に書かれている「特殊慰安施設協会」という募集先と仕事内容についてだった。

「料理飲食業組合の人が、銀座の高級料理屋幸楽で人を募集しているって教えてくれたので来たんですけど、どんな仕事なんでしょうか」

痩せこけてくすんだ顔色の女が、不安そうに尋ねた。

「秘密な話なんだけどこの料理屋、つい最近まで軍人のお偉いさんたちが利用してたって、出入りの魚屋さんから聞いてたけど、終戦まなしに店開きするとはね」

薄ら笑いを浮かべて少し年増の女が言うと、居あわせた女たちは異口同音に、東京は瓦礫だらけの廃墟なんだ、と語気を強める。

「でもね。いろいろその筋のつてのある幸楽なら、できるんじゃあないの。だから仲居さんを募集したのかなって思ったの。でも違ってた。募集先が特殊慰安施設協会ってなってるでしょう。幸楽じゃあないわ」

「事務所を貸してるだけなのかなあ。でもなんだかうさん臭い」

ひっつめ髪の日やけした顔の女が、疑わしげに言った。

「だけど、料理組合の人の話では、募集してるのはお役所だって」

「それなら安心だけど。まあ、話を聞いてみましょうよ」

年増女のひと言で女たちは話を打ち切り、揃って店に入っていった。みさも深く考えもせずに、つられてあとにつづいた。

二階にある事務所は、高級料理店らしいつくりの店内にテーブルが並べられ、そこかしこで応募に訪れたとおぼしい女性と、それに応じるやや年寄りの男衆の姿が見られた。立ちんぼで順番を待っている人を加えると、部屋にはざっと二、三十人ほどの若い女がいたが、華やいだ雰囲気は微塵《みじん》も感じられなかった。みな一応に地味で、粗末な身なりだった。着古した着物やもんぺ、洗いざらしでよれよれのワンピース姿でほとんど化粧気はなく、髪の毛も手入れされているようには見えなかった。

「事務員募集っていうから来たんですけど。違うんですか」

気色《きしょく》ばんだ声が、みさの耳にとどいた。順番待ちの列の前で面接を受けていた人が、叫んだのだ。

「事務の仕事はもう決まってしまいました。希望者が多すぎましてね」

慇懃《いんぎん》な口調で答えているのは、禿《は》げ頭の男だった。

「なら、ほかにどんな仕事があるんですか」

「ダンスホールやキャバレー、ビアホールでの仕事もこみで、そこにくるアメリカの兵隊さんを慰安してほしいんです」

「慰安ってどういうこと。どんな仕事なんですか」

必死で問い詰める面接人に気圧《けお》されたのか、禿げ男は困惑気味に、

「ダンスをしたりお酌をしたりと、いろいろあるでしょう」とあいまいな返事をした。

「ダンスなんてできません。それにアメリカの兵隊さん相手なんて、とんでもないわ。ついこのあいだまで、鬼畜《きちく》米英ってさんざん言ってたでしょう」

白いブラウスを着た女学生らしい面会人は、椅子を蹴らんばかりの勢いで立ち上がり、怒りをあらわにしてその場を去っていった。

「それって遊郭のような仕事じゃあない」

「まあ、似たりよったりだね」

「ひどい。遊郭だなんて、そんな話お断りします」

「でも、報酬は破格ですぞ。あなたお金に困って、ここに来られたんでしょう」

「焼け出された人は、みんな食うや食わずですよ。けど遊女になるくらいなら、餓死したほうがましだわ」

少し離れたテーブルから聞こえてきた会話も、みさを驚かせた。

「なんかここの仕事って、やっぱりうさん臭い」

先ほど外で同じようなことを口にしていたひっつめ髪の女が、小声で呟いた。

「そうよね。広告では事務員募集ってあったけど、もう閉め切ったなんて嘘っぽい。進駐軍慰安婦を募集しているだけなのよ」

頬のこけた女がそう応じた。ふたりのやり取りを聞いていたらしい若い子が、

「進駐軍慰安婦ってなんですか」と不安げに尋ねた。

「さっきそこのおっさんが言ってたでしょう。アメリカの兵隊さんを慰安する女のことよ。馬鹿らしいから帰ろうと思うけど、話だけは聞いてみようかな。公の募集らしいし」

ひっつめ髪の女はそばにいる人たちに、自身の考えを伝えた。

「はい。次の方、どうぞ」

みさは近くのテーブルの係員から手招きされ、つんのめるような格好で足を前に進め、受付で渡されて書いた書付を手渡した。係員はそれに目を通しながら、

「横浜市内にお住まいなんですか」と問うた。

「こちらに用があって来たんですが、募集の広告を見まして、立ち寄ったんです」

「年齢は二十歳。T高女卒業とありますが、ご家族は」

「五十一歳の父岡﨑昇は空襲で死亡しましたし、四十九歳の母富美は火傷をおいまして入院して

います。T大学経済学部学生の二十三歳の兄はこの四月、昭和特攻隊員として沖縄で戦死しました」

「そうでしたか」

中年の男は言葉すくなに言い、労《いたわ》りをこめた眼差しを彼女に向けた。

「あのう。前借ができるって、ほんとうでしょうか」

乾いた口もとから言葉がこぼれ出た。この部屋で飛び交う会話の内容がのみこめないまま面接をうけ、問われるままに答えていたが、前借に応ズという文字が気がかりだった。

「告示どおりです。ただし契約は守っていただかねばなりません」

みさは深く頷いてから、

「前借できる金額はいかほどですか」と遠慮げに尋ねた。

「そうですね。二百円ほどです。会社員のひと月分の給料と同じくらいですね。でもここで働いてくだされば、すぐに高額な報酬が支払われますよ」

係員の答えは明快で、魅力的だった。

「母の面倒をみてくださっている病院の治療費を、緊急に支払わなければならないんです。こちらで働けば担保なしでお金が借りられるのでしょうか」

「担保はいりません。空襲にあわれてお困りでしょう。できるだけ相談にのりますよ」

「空襲で父ばかりでなく大勢の人が亡くなりました。街は焼け野原でみな住む所がなく、わたしもそうですけど、防空壕やバラック小屋で暮らしているんです」
脳裏には横浜空襲の悲惨な光景が鮮明に刻まれており、火炎に包まれて命つきた父親を思うと哀しみがつのった。

昭和二十年五月二十九日（横浜大空襲）
横浜市の中心部約十八平方キロが、一挙に壊滅《かいめつ》させられたのは、五月二十九日、うす曇りの火曜日の午前中であった。マリアナ基地を飛び立ったB29五百十七機は、硫黄島を基地とするP51百一機と富士山上空で集結、一万八千フィート（約五千五百メートル）の高度をとった大編隊をもって、逐次本市に侵入した。時間は、午前九時前後より、同十時三十分までの約一時間半であった。空襲後、米軍機は東京湾上空を経て房総南端に退去した。
米軍機が投下したのは、六ポンド（約二・七キログラム）小型油脂焼夷弾《しょういだん》、百ポンド（四十五・四キログラム）膠化《こうか》ガソリン焼夷弾を主体とし、一部小型エレクトロン焼夷弾が混用されたが、爆弾は使用されなかった。その総数量は四十三万個以上となり、重量は二千五百七十トン、最も多い所では三十センチメートルおきの密度を示す過密爆撃であった。
これは、三月十日の東京大空襲での投下量が千七百八十三トンであったことに比べて、約一・五倍に当る巨大な量である。

（横浜の空襲と戦災・横浜の空襲を記録する会編集・発行より）

あの日の朝八時少し前頃、警戒警報が発令された。よく晴れた日で、見上げると初夏らしい青空がひろがっていた。みさは勤めている川崎の堀川町にある電気会社の工場に出勤するため、東京急行電鉄（現・京浜急行）黄金町駅に向かっていたのだが、まもなく警戒警報は空襲警報に切りかわり、電車が動かなくなった。たびたびの警報に慣れきっていたから、たいしたことはなかろうと高をくくっていた。ところが突然爆音とバリバリという炸裂音がして、たちまち空が薄暗くなった。ほんの一瞬の間にあたりの様子が一変し、敵機のうなるような爆音が聞こえ、焼夷弾が落とされたのかあちこちに火の手があがった。母はどうしたかと気が気ではなく、彼女は一目散に我が家めざして疾走した。

父親は所属する警防団の分団長だったので、常日頃警報が鳴ると制服に着替えすぐさま家をとび出し、町の警備に当たるために出かけていく。今朝も母親は一人とり残されているに違いなかった。なにしろ警防団の分団長の家にはいろいろと緊急連絡事項がくるので、留守にしてはならないという取り決めがあった。母は空襲警報が発令されても自宅にとどまっていることが多かった。案の定、母はもんぺをはいて防空頭巾《ずきん》をかぶり、戦死したばかりの息子の位牌《いはい》を入れた袋を肩にかけ、いつでも避難できる格好で待機していた。玄関口に駆け込むなり、彼女は大声で叫んだ。

「お母さん。早く避難しないと危ないよ」

ちょうどその時、町内会の会長が、

「すぐに待避してください。待避、待避」とメガホン片手に呼びかけながら通っていった。

「さあ、早く逃げましょう」

母親は娘が手をとろうとすると、すっと立ち上がって足早に台所に進み、お釜や鉄瓶、ヤカンなどに水を満杯に注ぎはじめた。近くに焼夷弾が落とされたようで、すざまじい音があたりに響いた。いつもはそこまで用心しないのにと訝《いぶか》りながら、

「そんなことしてる場合じゃあないでしょう」と強引に引っ張ったが手を振り払われた。「いやな予感がしてね」

不安げな声が耳に届く。

ふたりが外に出て見ると、四、五軒さきの薬局の裏辺りが燃えており、数人の男たちが消火に当たっていた。道路の両側には古い店が軒を連ねているので、いったん火がつけば商店街は全焼を免れないだろうが、炎の勢いは激しく消火はままならぬようだった。店が気がかりだったがその場にとどまることはできず、町内会の防空壕へと足を進めた。

耳をつんざく轟音に怯えて上を向くと、Ｂ29の編隊が焼夷弾を落としながら通過していくのが目にとまった。低空飛行なので、銀色の機体は下からも見え、弾倉が開けられて多数の焼夷弾が落下していくのがわかった。恐怖に駆られ、動きの鈍い母親を引きずるようにして、防空壕まで懸命に走った。だが町内会の防空壕は満杯状態で、中に入ることはできなかった。

「ここに入れない人は、黄金町駅に避難したらいい。あそこはコンクリートだから大丈夫だ」

防空壕の前で消防団の人がそう誘導していたので、しかたなく黄金町駅をめざした。ついさきほど空襲警報発令で電車が止まったままの駅の構内には、電車から降りて待機している乗客や、近所から逃げてきた人たちでいっぱいだった。ガード下から改札口、階段にもたくさんの人がなすすべもなく、立ちつくしていた。学生や勤め人が大勢いたが、ごうごうと鳴り響く爆撃音、それに加えて泣き叫ぶ赤ん坊や子供のわめき声にいたたまれぬ様子だった。それでも黄金町駅にいれば死なずにすむという、いちるの望みを抱いているのか動く気配はなかった。

みさたちもしばらくは外階段に身をちぢめて座っていたが、駅周辺の家屋が燃えだし、火勢はますます強まるばかりで、飛んでくる火の粉を手で払うのは容易ではない。

「ここにいたら火あぶりにされちまう。山に逃げよう」

いつになく母親は強く主張した。関東大震災では野毛山や久保山で助かった人が多かったと聞いていたので、みさも母の言うことに素直に従った。駅の外に出たが、ゴーゴーと音をたてて燃えさかる炎の勢いはすざまじく、火が風を呼ぶのか、炎の竜巻があちこちでおこった。竜巻に巻き込まれていく自転車や大八車、焼けトタン、リヤカーなどは凶器そのものなのだ。ヤカン、釜、ナベ、木桶なども、舞い上がって飛んできた。

駅のガード下に入ったとたん、キーンという金属音がして、真上を米軍の小型機がごく低空を通過していった。目をこらすと、火に追われて逃げ惑う人たちを狙って、機銃掃射《きじゅうそうしゃ》を浴びせかけているのが見えた。路上を走っていた人間が一瞬宙にとび上がって地面に落ち、それきり動かなくなった。道路には機銃弾が命中した人の死骸《しがい》が、累《るい》々と横たわる。

その凄まじい光景は、生き地獄としか言いようがない。母親は路上の遺体に向け手を合わせ、南無阿弥陀仏《なむあみだぶつ》、南無阿弥陀仏と経文を唱えだした。

突然高射砲の発射音が続けざまにしたが敵機に当たる様子はなく、日本軍の飛行機は一機もやってこなかった。Ｂ29の編隊が次から次ぎへと飛来し、焼夷弾を雨あられのごとく落下しはじめた。一瞬のうちに上空は黒煙に覆われ、あたりは夕闇に包まれたような暗さになり、行く手を阻んだ。その時なぜか母親も彼女も、野毛山の頂上付近には高射砲陣地があり、部隊が常駐していることを失念していたのである。敵機は高射砲陣地を狙って大量の焼夷弾を投下したのだ。

市電の線路上には焼夷弾の直撃を受け、内臓がむき出しになった女性のむごたらしい姿や、頭部が切断されてよこたわっている男。赤ん坊を背負ったまま投げだされた女の遺体など、目を背けるしかない悲惨さに、みさは息をのむ。

「逃げられるところまで、逃げよう」

母親は呆然と立ちつくす娘にそう声をかけ、強引に手を引っ張って歩きだした。市電通りの両側は炎の海で、焼けただれた電線がからみあったまま路上に垂れ下がっており、足をとられたびたび転倒しそうになった。その上人の顔くらいの大きさの火の玉が、次々に飛んでくる。手で口をふさいでいたが息苦しく、思わず口をあけると火の粉が飛び込んでくる。息継ぎがままならない。それでもふたりは、懸命に前へ進む。

黄金町駅から久保山の方向、霞ヶ丘の市電停留所より下の関東学院のわきの坂道にさしかかったとき、またB29の編隊が飛来して、無数の焼夷弾を落とした。あたりにはどう避難していいのかわからなくて、右往左往する人たちの姿があった。まもなく夕立に見舞われたかと思われるような音がして、路上のあちこちに数知れぬ金属製の筒がボトンボトンと落ちてきた。タタミ一畳ほどの地面に四、五本の筒がばらまかれ、アスファルトの路上に当たると、二メートル近く跳ねあがって落下した。その瞬間筒口から勢いよく液体が噴出し、あたり一面に飛び散った。ドロリとした油脂らしき液体は勢いよく燃え、火の粉は逃げまどう人びとを襲った。ゼリー状の液は道路にも流れ出し、行く手を阻んだ。

液体を浴びた老女が火だるまになって地面をのたうちまわっているのに、あっというまの出来事だったので誰も助けることができなかった。遠くの方から、熱いよと泣き叫ぶ子供の声がした。黒煙のあいだから見えたのは、気も狂わんばかりの様相で子供の背中の火を打ちはたいている若い母親の姿だった。みさは死と生の狭間《はざま》に立ちすくみ、人間の無力さを嚙みしめるしかなかった。

筒から流れでた液体はまるで鳥もちのように粘っこく靴の裏にへばりつき、歩行をさまたげた。足をとられて難渋していると、ザー、ザー、ダダーンという音とともに筒が落下した。鋭い悲鳴がして、火焰《かえん》に包まれた母の姿が目の前にあった。みさはとっさに防空頭巾で、背中を勢いよく叩いた。けれど側面から油脂を浴びたようで火の勢いは激しく、なかなか火を消すことができずにいた。通りかかった老人が、頭にかぶっていた毛布を母の背中に被せ、上から力まかせにはたいた。するとどうにか火焰は収まった。母は半ば気を失っているのか、呼びかけても返事をしなかったが呼吸は確かだった。彼女は地獄で仏に会うとはこのことだ、と思いながらも胸いっぱいで、

「有難うございます。有難うございます」としか言えなかった。

「役にたってよかった」

老人は優しげ微笑んだ。

「毛布を汚してごめんなさい」

みさは深々と頭をさげ、老人に毛布を返した。

「なんの。なんの。関東学院には大勢兵隊さんが防衛にあたっている。それに衛生隊も待機しているので、お医者さんもおられるかもしれない。でもあそこまで行くのは大変だな。そうだ。兵隊さんに運んでもらえばいい。わしが頼んでみよう」

老人はそう言い残し、三春台の関東学院校舎に向かって、ゆっくりとした足取りで坂を上っていった。

うつ伏せに横たわる母親の背中は、焼け焦げた衣類の布がはりつき、肌がむきだしになっていた。髪の毛のほとんどは焼け失せ、顔も焼けただれている。やっと意識を取り戻し、か細い声で痛みを訴えた。

「じきに手当してもらえるからね」となだめてはみたが、痛みはかなりひどいようだった。上空を敵機が通過するたびに焼夷弾がばらまかれ、赤い火と黒い煙がたちこめた。母のむき出しの身体をかばって上から覆い被さったが、熱風に煽られた火の粉は容赦なく降りかかり、衣類に火がついて全身火だるまになってもおかしくない状態だった。息苦しく、煙が目に入ったのか痛みがひどくて涙があふれる。もう耐えられない、母と一緒に死ぬしかないと覚悟したとき、上の方から数人の兵隊が担架を手に階段を駆け下りてきた。老人が救助を依頼してくれたようで、関東学院に駐屯している兵隊たちだった。彼らは怪我の状態を確かめてから、慎重に負傷者を担架に乗せた。

みさは担架で運ばれていく母親の後について行ったのだが、坂の途中には焼夷弾の直撃を受けたらしい遺体が散乱していた。関東学院の裏口通用門につき、そこから運動場に入ったが、校庭に円周五十メートルもあるようなところに焼夷弾が一メートルくらいの等間隔に六十度くらいの傾斜に突きささっていた。運動場の片隅には、リヤカーに載せられたままの、黒焦げの死体があった。

母親は背中、顔面、両手両足に重度の火傷をおい、脚にも怪我をしていた。ここでは火傷の薬がないから、油薬を塗って包帯で覆うという応急処置しかできない。病院で治療を受けるように、と手当をしてくれた医師は言った。彼女は途方にくれ、つのる不安に心がくじけそうになった。

晩食にと袋に入った乾パンが配られたが、母は包帯で口元が覆われているので食べることができず、水を少し飲んだだけだった。痛みと全身の震えを訴えるのだが、薬がないので我慢を強いるしかない。世話をしてくれる衛生兵の腕章をつけた人が、床敷き用と掛け用にと数枚の軍隊用毛布を用立ててくれた。けれど震えはおさまらず、体温は四十度もあり、火傷部の痛みはひどくなるばかりだった。

構内にあった防空壕に避難した人の多くが焼夷弾の直撃を受け、蒸し焼きにされて亡くなった。助かった人でも油脂を浴びて大やけどをおったり、手足をもがれた者もいたという。また鉄筋立ての校舎の内部は全部焼け、いぶり臭さが強かった。一階では怪我人もでたからまたここで罹災することもあるので、負傷者は全員校舎の地下室に収容された。母親も床に横臥していたが、背中の痛みがひどくて横たわるのもつらいと嘆いた。校舎内は停電で暗く、ところどころに太いローソクが灯され、忙しげなに動きまわる衛生兵たちの大きな影が交錯した。

翌日の朝、食べ物もとれずほとんど眠れなかった母親の体調は悪く、体温が四十度もあるのでいたたまれぬ思いで医師の診断を待った。頭から顎にかけて巻きつけられた包帯と、全身を覆った白布に血が大量に滲みでていたが、それは重症の火傷患者にみられる出血だった。包帯の取り替えはかなり痛いようで、我慢強い人が悲鳴をあげた。重症患者を動かすことはかんばしいことではないが、現状では病院に転送するしかないという医師の判断で、Y病院に送られることになった。

母親は軍のトラックで尾上町の病院に運ばれたが、つめかけた負傷者で廊下は溢れかえっていた。診察した医師は火傷専門の病院で治療を受けたほうがいい。薬も、包帯やガーゼなどの衛生材料も使い果たしてしまったし、と入院を許可してくれなかった。無言でうつむき、涙ぐむ若い娘の憔悴《しょうすい》しきった様子に、医師は困惑した口調で、

「転院先がみつかるまで、とりあえず面倒をみましょう。まともな治療はできませんが」と言った。

「先生、有難うございます」

診察台に横たわる母親のか細い声がした。

「よろしくお願いいたします」

みさは手の平で涙をぬぐい、深々と頭をさげ、声をつまらせてお礼の言葉を述べた。救われたと、心から思った。幸いにも一酸化炭素中毒で運びこまれた人が多かったので、帰宅する患者の空きベッド待ちとなった。入院のめどがついたので安心したのか、夕べから食べものが喉を通らないといって絶食状態だった母が、ご飯を口にした。彼女が行列して手に入れた、警察の炊き出しトラックから配布された握り飯だった。

「みさ。お父さんが心配していると思うので、家にいってみてくれないか」

気がかりだったことだけに看護婦たちに事情を話し、みさは自宅へと向かった。途中黄金町駅前を通り、あたりで大勢の人が亡くなっているのを目にした。髪の毛が焼け坊主頭なので、まるでマネキン人形が散らばっているようだった。そして昨日自分たちが避難して座っていた階段を見て、息をのむ。階段の下から上まで、おびただしい数の死体が、折り重なって横たわっていたのだ。

改札口に通じる五十数段の階段の上の方にある死体は、茶色の枯れ木の束としか見えず、真ん中辺は人体らしい形をしてはいたが、黒こげで性別も判別できない。下段になると焼死体ではあっても、生前の面影をとどめていた。歯をむきだしにした人、虚空をつかみとらんばかりに手をふりあげている人、四つん這いになったまま息絶えた人、黒焦げの赤ん坊を抱きしめた若い母親。

「煙りにまかれて窒息死したんだろう」

「蒸し焼きにされたんだな」

「さぞ苦しかったでしょう」

通りがかりの人たちはそう囁きあい、手を合わせた。

みさは父親が待っているはずの我が家へと急いだ。空襲が激しかったので、家屋が焼け残っているという期待はなかったが、父親の無事だけは信じて疑わなかった。黄金町の商店街は跡形もなく焼けおち、両側に店が並んでいた通路は瓦礫の山だらけで足の踏み場もないありさまだった。予想していたとはいえ、仕立て屋の店も住まいもみな焼失しているのを目のあたりにして、胸がはりさけそうだった。きのうまでそこにあった生活の場所が吹っ飛んでなくなってしまった衝撃は大きかった。それでも仕立て屋の道具や材料などを保管するために、かなり強固に造られた防空壕は焼け残っていた。父親は防空壕の中にいるのだろうと、彼女は戸を開けようとして錠前がかかっているのに気づいた。たぶん父親は用事があって外出したに違いないと思い、予備の鍵で戸を開けて中に入った。いぶり臭さが漂い、熱気が残っていた。

警察が配給した握り飯を食べ、むきだしの水道の蛇口から水を出して飲み、ひと息ついたものの父親はなかなか帰ってこない。なんとない不安と焦りにとらわれはじめると、じっとしていられなくなった。体力も気力もあり、警防団の分団長として住民の避難誘導をしていた父親のことだから、逃げそこなって死ぬなどということはなかろうと思うのだが、多くの死者を見てきただけにその確信は揺らぐ。

父親の顔が瞼に浮かび、一刻も早く会いたい、無事を確認したいという気持ちに突き動かされ、焼け野原と化した町へ飛びだす。また黄金町駅前に行ってみると、各所から運ばれてきた死体が小山のように積まれ、憲兵の腕章をつけた男たちが整理にあたっていた。大型のトラックがきて、持ち込まれた死体を兵隊たちが荷台に投げこむと、どこかへ運んでいった。それを見て家族を探しにきた人が確認しようとあわてて近づくと、憲兵は強く拒み、

「邪魔をするな」と大声で怒鳴った。

駅の北側の空き地には、焼けトタンの上に載せられた数十もの焼死体が並べられていた。ほとんどみな裸で、なかには鉄兜《てつかぶと》が載せられた遺体もあった。そこにも血まなこで家族を探す人たちがいて、一体一体を丁寧に見てまわっていた。こちら側には憲兵の姿はなく、リヤカーで遺体を搬送してきた人たちに係の人は、

「ここにご遺体を搬送されても、合同で処理しますので、個人のお骨はお渡しできません」と断った。

彼女は黄金町駅から太田橋を渡り、阪東橋めざして歩きだした。空襲のさなか消防士が、「板東橋の一角が燃えていないぞ。あそこに逃げろ」と絶叫していたのを記憶していた。父親も大岡川の方向に避難民を誘導していたのかもしれないと、手がかりを求めての行動だった。しばらくして前方からやってきたトラックが止まり、警防団の制服姿の人が降りてきたのでよく見ると、父親の配下の顔見知りだった。彼は深々と頭を下げ、

「ついいましがた謹んで岡崎分団長を収容し、ご自宅までお届けしました」

と固い口調で告げた。みさは謹んでという言葉に強い衝撃を覚え、

「父は死んだんですか」と震える声で尋ねた。

団員は「はい」とだけ答えた。

「母が入院していますので、誰もおりませんでしたでしょう」

「ご遺体は団員がお守りしております」

礼を言わねばと焦るのに、動揺のあまり言葉を失ったまま立ちつくす。

「ご自宅までお送りいたします」

団員は乗車を促した。分団長の娘を乗せた警防団のトラックは、もと来た道に後戻りした。焼け跡の敷地の真ん中あたりにトタン板を並べ、その上に毛布で包まれた制服姿の遺体が安置されていた。手向けの線香の煙りが立ちのぼり、傍らで年寄りの団員が守りをしていた。みさは駆け

寄り、父親の亡骸にすがりついて嗚咽《おえつ》した。かぶせられた日本手ぬぐいを取り除くと、寝顔かと見まがうほど生彩さの感じられる顔が現れた。火炎に焼かれた様子はなく、傷や打撲らしい痕跡も見られず、生前とあまり変わらないなつかしい父親がそこにいた。

「お父さん。お父さん。お父さん」

彼女は大声で連呼した。上空に舞う風が、葬送の曲を奏でるように吹きつのった。この日まで愛情をこめて育んでくれた父親との数々の思い出が、怒濤《どとう》となって押し寄せた。胸が張り裂けてしまいそうで、衝撃のあまりいっときもうろうとした状態に陥った。

「分団長は避難民の誘導中に亡くなられました。残念でなりません」

涙声が耳に届いた。検屍した医師の話によると、ほとんど焦げた様子がみられないので、死亡の原因は一酸化炭素中毒死だろうとのことだった。あちこちで黒焦げの死体ばかりを目撃していただけに、傷ひとつないきれいな死顔を目にして、哀しみにつき動かされながらも、ある種の安堵感を覚えた。

「お哀しみのおりに申しにくいのですが、久保山の火葬場が満杯なのです」

年輩の団員が言いにくそうにそう告げ、五月末で日ざしも強く、死体は時間がたてば油と血が出て臭気も強くなるので、焼き場が開くまで待つわけにはいかないと言った。

「どうすればいいのですか」

「兵隊が久保山に穴を掘り、そこに多くの死体を共同埋葬していますが、ほとんどの遺族は、自分たちの手で火葬されているようです」

「父の亡骸をわたしが焼く。そんなこと」と絶句し、みさは涙ぐんだ。

「分団長のご遺体を荼毘《だび》に付し、お弔いするのは私どもの仕事です。お任せください」

きっぱりと言い切る相手の決意のほどを知り、無言で頷くしかなかった。つらい選択とはいえ、直属の部下の手で荼毘に付されるのなら仏も浮かばれるだろうと思った。

「お母さまが入院しておいでと伺いました。火葬には五、六時間かかると聞いております。ここは私どもにお任せになって、病院へお戻りください」

年輩団員の配慮された労りの言葉が、彼女の胸にひびいた。やはり父親の遺骸を焼く現場にはいたくない、という気持が強かったのだ。遺族たちは自宅庭に穴を掘り、あちこちから拾い集めた焼け残りの木材を敷き詰め、遺体をその上に安置して火をつけて火葬しているという。けれどこの近辺は家屋が全焼しているから、そうした材木はみあたらないので、火葬の準備をするのも容易ではないし時間もかかりそうだった。

「団員が手分けして、薪になりそうなものを集めています。それにかつて戦地で戦死者の処理にあたった方が、手を貸してくださるそうですからご心配にはおよびません」

「有難うございます。実は母の火傷も重症で、面倒をみていただいている先生から、命の保証はできないと言われているのです。勝手ですが、病院に戻ります。よろしくお願いします」

みさはかいつまんで事情を話し、警防団の団員に火葬を依頼して病院に引き返すことにした。父親との最後の別れは、涙、涙で念仏もとなえられなかった。

「分団長のご遺体を荼毘に付すことで、私どもの気持も救われます。明朝にはご遺骨をお渡しできると思います」

労りのある言葉に支えられ、彼女は居並ぶ団員たちに深々と頭をさげ、焼け跡の我が家をあとにした。

母親は激しい痛みと震えに苦しみながら、病院のベッドに横たわっていた。交換する衛生材料が調達できないのか、全身を覆う白布には血がにじんだままだった。配給されたパンを少しばかり口にしたようだが、このところ食べ物がとれないので衰弱するばかりなのだ。その重傷者に夫の死を伝えるのは忍びないし、四月十四日に長男の戦死を知らされ、まだ哀しみの癒えぬときなのに、追い討ちをかける悲報を告げるのははばかられた。けれど隠しおおせることではないだけに、彼女は悩みに悩む。

「お父さんは」

病室に入ってきた娘が夫を伴っていないのに気づき、母親はか細い声で尋ねた。娘はすぐさまベッドに駆け寄っていき、包帯で包まれた手を握りしめ、

「お父さんは和雄兄さんのところにゆかれました」と涙声で言った。

「え」という言葉にならない絶句がひびいた。

「避難者を誘導中に亡くなったと、警防団の方から聞きました。いま頃は天国で和雄兄さんと、仲良く過ごしてるんじゃあないかしら」

「関東学院の坂で、大勢人が亡くなっているのを見てたから、心配はしてたんだけど」

母親はしばらくのあいだ目を閉じ、小声でぶつぶつとなにやら唱えていたが、

「それでお父さんはいまどこに」と聞いた。

「警防団の方々が、荼毘に付してくださっています」

自宅の庭で遺体を焼いているはずだ、とはとても言えない。残酷な話だけに、病状に影響するのを恐れて事実は伝えなかった。


あの日から三ヶ月は経つ、とみさは脳裏に去来する厳しかった終戦前後の日々を追想する。金策のため父親の奉公先だった銀座の洋服店に行ったが不在で目的を果たせず、広告につられて特殊慰安施設協会事務所を尋ねた。けれど追いつめられての衝動的な行動だったので、応募先の実態や仕事の内容が分からなかった。事務所内で応募者と係員とのあいだで交わされている話を聞いていくと、どうやら遊郭のような仕事らしいと知った。しかも客は進駐してくる連合軍将兵だ

というのである。つい三ヶ月前に焼夷弾の雨を降らせ、横浜の街を焦土と化した敵国の兵隊たちの相手をする、そんなことができるわけがなかった。

応募を取りやめ即刻ひきあげるべきだとは思うが、それでは金策は頓挫してしまう。なんとしてでも母親の命を守りたいのだが、どこをどう探してもまともな働き口などないのが現実なのだ。

係の人からどうしますか、と尋ねられたが返答に窮したまましばらくその場に居座っているしかなかった。先ほどまで応募者が大勢いた事務所内も、仕事の内容を聞かされて帰った人が多く、わずかに数人しか残っていなかった。突然戸口が荒々しく開けられ、二人の若者が中に入ってくるなり、

「慰安施設協会の事務所はここか」と大声で尋ねた。

「はい。そうですが」

戸口のそばにいた職員が慌てて応対したが、大柄な男は威圧するように言った。

「協会長を出せ」

「ただいま外出中で不在です」

「それなら副会長か、協会の幹部を呼べ」

飛行服に半長靴をはき、腰に昭和刀をぶら下げた精悍《せいかん》な顔つきの若者は、特攻隊生き残りといった印象だった。係員は困惑した面もちで奥の方へ足早に去った。部屋の険悪な雰囲気を察

した応募者たちは、素早く事務所を出ていった。みさは二人の若者に、この四月十四日の沖縄戦で神風特攻隊員として戦死した実兄を重ね合わせていた。

「私がここの責任者だが、御用向きはなんですか」

奥から出てきた端正な風貌で上背のある背広姿の男は、平然とした表情で若者に声をかけた。

「進駐軍慰安の大事業とはなんだ。説明してもらおうじゃあないか」

「文字通り、進駐してくる連合軍将兵を慰安する仕事です」

「昨日まで敵兵だった相手を慰安する。そんな破廉恥《はれんち》なことがよくできるもんだ。貴様ら日本人ではないのか。戦に負けたからといって、敵国に媚びを売ることなど許さん。我々はお国を守るために命をかけて戦った。それをないがしろにするつもりか」

戦闘帽を目深にかぶった背の高い若者は、興奮ぎみに喋りまくった。責任者がなにも答えないのに苛立ったのか、傍らの坊主頭が激しい口調で、

「敵兵の相手をさせるために女性を募っていると聞いたが、そうなのか」と問いただした。

「だいたいは玄人が務めるのだが、疎開したままだったりで人数が足らない。そこで素人さんにも協力してもらうことになったのですよ」

「さっきここにいたもんぺ姿の女も、慰安婦にするつもりなのか」

「無理強いしたりはしません。あくまでも自由意志ですからね」

「なにを言う。あんな女学生のような娘に、敵国兵士の慰安をさせるなどもってのほかだ。我々の仲間は、女、子供を守るために玉砕していったのだ。亡き御霊を冒瀆《ぼうとく》するつもりか。生き残った我らは、敗戦の責任をとって自決を覚悟した。その悔しさが分かるか」

坊主頭は憤りのあまり、拳でテーブルを叩きまくった。

「日本は敗戦国になったんですよ。いくら命をかけて戦っても、負ければ相手の要求を呑まねばならない」

「将兵を慰安せよとは、相手の要求なのか」

背の高い男は、怒りをこめて尋ねた。

「お互いの暗黙の了解事項ではないですか」

「けしからん。女を要求するとは許し難い」

「相手からの要求かどうかは、業者にはわかりません。上からの命令事項なので、私どもとしては、お受けするのが筋でして」

協会の役員たちは、八月二十二日付に内務省が発令した「連合軍進駐経緯ニ関スル件」という文書に「連合軍進駐ニ伴ヒ宿舎輸送設備（自動車、トラック等）慰安所等斡旋施設ヲ要求シ居リ」と記されていることを知っていた。

軍部による近衛第一師団長殺害や、詔勅放送阻止に走り、特攻隊のいる厚木基地では油断ならぬ緊張状態がつづいている。また上野の山では、数百人の将兵が集結し不穏な状態だった。十六日には愛宕山で尊攘義軍の十二人が立て籠もり、数日後手榴弾で集団自決をしている。このように国粋主義者の自決や事件があいついでいる昨今だけに、占領軍に関する情報は密にしなければならない。目の前の若者が事実を知ったなら、憤りのあまりなにをしでかすかしれたものではないだけに要注意が求められた。

「上とはなんだ。国が進駐軍兵士の慰安をするために、売春命令を発令したとでもいうのか」

「敗戦国としての心構えというか、国民を守るための方策としてはいたしかたないのでは」

「売春が国の方策とは、どういうことだ」

「将兵を慰安する方策によって、四千万の大和撫子《やまとなでしこ》の純潔を守り、国体護持できるのであれば協力しないわけにはまいりません。進駐に伴い、略奪や暴行はつきものだろうから、婦女子を性に飢えた兵隊たちから守るのには、商売女を募って慰安施設をつくることが急務なんです。私どもはこの道で生きてきた業者として、死力を尽くす覚悟で取り組んでいるわけです」

責任者の男はハンカチで額の汗をぬぐいながら、説得をつづける。

「貴様らの話は嘘か誠か。正直に答えろ」

背の高い若者は腰の昭和刀を引き抜き、刃先《はさき》を話相手に向けた。責任者は深く頷き、

「嘘偽りを申してはいません。あと数日すれば、連合軍が進駐してきます。そのことによる混乱

を避けるため、私どもは滅私奉公の精神で動いている」

「ここは信じるしかない。これからも貴様らの監視はつづけるが、一応手を引こう」

若者はそう言うと、素早く昭和刀を鞘に収めた。

「我々は女、子供を守るため、祖国のためにと、命がけで戦った。敗戦となり、生き残ったことを悔やんだ。玉砕した戦友に申し訳ないと思い、自決も考えた。だが我々の務めは、国の再建のために命をかけることだと悟ったのだ。互いに頑張ろうではないか」

みさはもと特攻兵士とおぼしき若者の言葉を聞きながら、亡き兄から受け取った最後の手紙の文面を想起せずにはいられなかった。

昭和二十年四月某日　投函す

みさへ
これは最後の手紙になると思ふ。明日にでも出撃するかもしれないので、お願いしておく。いつなにがおこるかわからないので、父さん母さんのことよろしく頼みます。長男の僕がやらねばならないことを、妹に託すのはすまないが、みさは賢いからこなしてくれるだろう。兄としてなにもしてやれないのは残念だが、僕が戦死してもみさのそばにいるから、いつでも話しかけてほしい。

祖国のため、愛する家族を守るために特攻隊員を志願し、戦闘機乗りとして訓練に明け暮れている。やがて激烈なる対空砲火を冒し、また敵戦闘機の目を眩ましつつ敵艦に突入するだろう。と言えば聞こえはいいが、みさだけに打ち明けると、僕は陸上で戦うのが嫌で航空隊に転科したのだ。敵とはいえ、この地球に生きている人間を直接この手で殺すことに抵抗があった。戦闘機からの殺傷も同じかもしれないが、地上戦は生々しすぎる。

みさ、僕の妹でいてくれて有難う。

岡﨑和雄

両親をよろしく頼むと書かれた手紙を、彼女は兄の遺言として受けとっていた。その依頼を反古にしてしまっていいはずがない。火傷を負った母を助けるには、犠牲を覚悟しなければならないだろう。学徒出陣した兄も将来の夢をかなぐり捨てて特攻隊員となり、沖縄海上にて戦死した。愛する人を守るには、命を捨てる覚悟があってこそなのだと思う。

若者二人は、礼儀正しく挨拶をして事務所を出ていった。

三　慰安施設に殺到する進駐軍将兵

　昭和二十年八月二十一日、東久邇内閣の閣僚たちの決議によって設立した「特殊慰安施設協会（後に国際親善協会と改称）」は、国家事業として同月二十八日に正式にスタートした。しかし大森海岸の料亭「K園」亭主の胸中は複雑だった。R・A・A本部からの要請で慰安所第一号に指定され、不本意ながら受けざるを得なかったからである。

　R・A・Aはまず力のある三越百貨店に依頼したが、江戸時代から続く伝統ある老舗《しにせ》としては受託しかねると断わられたのである。次ぎに占領軍基地が神奈川方面に集中すると予測して、大森海岸は京浜国道沿いにあり、横浜方面からの地の利もよいということで、K園が候補になった。大森海岸はかつて大井花街として栄え、待合芸妓屋が数百軒も軒をつらねていたのである。戦時中は休業となり、ほとんどは軍需工場で働く挺身隊の寮などになっていた。空襲でも焼け残っている店が多く、すぐにでも使用可能な料理店などが点在していた。なかでもK園は、もっとも適した料亭だったのである。

警視庁は、半ば強制的に慰安施設への転用を求めた。K園とて老舗の料亭であり、慰安施設として使用されるのには強い抵抗があった。戦時中は旧海軍の料亭だったし、それ以前は高級飲食店として要人や政治家、多くの経済人が商談や密談などに利用していた。それだけに亭主には、高級料亭を営んできた者の誇りがあった。

戦前戦中、買売春の取り締まりを行ってきた警視庁が、国体護持とはいえ料亭を解体して慰安施設を設立せよ、と指令するのはいかがなものか。いくら公から委託された事業であっても、買売春施設であれば世間体も憚《はばか》られる。お上は平和的な占領を望むあまり、老舗料亭を犠牲にしてまで占領軍用の慰安施設を急造しようとしている、と腹立たしさは募る。けれど日本が敗戦国となった今、個人の誇りなどかなぐり捨てねば国は立ちゆかぬ、という思いも否定できなかった。

こうして悩んだ末に本部の要請を受け入れたものの、ことは重大でしかも迅速さが求められた。慰安施設所開業という馴れぬ仕事だけに、従業員も戸惑うばかりで早急にはことが運ばなかった。そして十八ほどある部屋の改造その他の準備が十分整わぬままに、八月二十六日には本部から送り込まれた三十八人の慰安婦を受け入れねばならなかったのである。

K園亭主はこの事業が東久邇内閣挙げての占領軍対策であること、そして協会設立までのいきさつを宮澤浜治郎東京料理組合長から聞いていた。そしてK園は三越百貨店が老舗の名誉のために受託を拒否したのとは逆に、国家売春命令に従って死力を尽くし、国家再建の足掛かりとなることこそが本望ではないかと思いいたったのである。

連合軍の将兵の性対策は警視庁が終戦直後から検討していたことであり、慰安所の設営企画は、国務大臣近衛文麿の要請を受けた警視庁総監坂信弥が立案したものだとも教えられた。そして警視庁が中心となって、業界代表との懇談が開始された。

東京料理飲食業組合宮澤浜治郎組合長・渡辺政次総務部長・辻穣相談役らが、当時東京渋谷の広尾小学校に疎開していた警視庁保安課に出向いた。そして高乗釈得課長から、国策ともいえる政府の占領軍対策について打ち明けられ、慰安施設の要請を受けたという。協力を求められた三氏は、最初は呆然としてお互いの顔を見合わすばかりだった。けれどよく考えてみれば、ほとんどの業者は焼土と化した街で、自力で事業を再開することなどできないのが現実だった。占領軍相手の慰安施設とはいえ、国からの融資で営業できるのなら悪い話ではなかった。また国の大事業に参加して国体護持に貢献できるのは、業者の本懐でもあった。

三氏は警視庁の要請に応え、さっそく活動を開始した。この組合は料亭や料理店、雑炊食堂や貸座敷といわれている遊郭の業者も加入している団体であり、戦中警視庁によって組織された統制組合だった。宮澤組合長は翌十九日に業者代表を集めて会議を開き、上からの要請をどう処理するかを話しあった。

「我々業者の任務は、占領軍の進駐にともない治安が悪化するのを避けるため、そして大和撫子の純潔を守るための防波堤を築くことなのです。しかも慰安施設造りは、占領軍の上陸までの十五日間でやらねばならぬ急を要する仕事です。国家事業とはいえ、皆様のお力なくしては成り立ちません。ぜひ皆様の力を貸してください。お国再建のために、どうか死力を尽くしていただきたい」

宮澤組合長は、涙ながらに業者代表を説得した。困難な課題はあったが、一同は慰安施設所設立をしぶしぶ承諾した。そして翌二十日には組合幹部が警視庁保安課に出向き、腹案を話しあった。それは新施設とともに現存する各遊郭、待合や貸座敷などを活用し、そこの接客婦に進駐軍兵士の慰安をさせる。空襲で死亡したり、疎開先から帰ってこない接客婦もいるので、とうてい人数が足りない。それを補充するのには募集という方法しかないので、応募を公認してもらいたい、というものだった。

組合側のこの申し出は、平時では考えられぬ常識を逸した売春婦公募容認である。高乗保安課長も答えに窮し、坂総監の決裁を仰いだ。慰安婦が集められないとあれば、国策は頓挫するのは目に見えていた。総監は責任をとる覚悟で、組合の申し出を承認したということだった。

K園亭主は二十二日、呼ばれて出向いた銀座のR・A・Aから帰宅すると、その日のうちに二十人の女中と仲居を集めて事情を話した。

「K園は政府からの強い要請により、進駐してくる将兵の性暴力から大和撫子の純潔を守るために慰安所を開設します。敗戦国となったわが国を再建するために、とても大切で意義のある仕事なのです。将兵の相手をする慰安婦数十名は、近々やってきます。しかしあなた方従業員は、将兵には直接関わりのない仕事を担当してもらいますから、心配には及びません。でも以前の仕事とは違いますので、退職を希望する方は申し出てください。これはあくまでも個人の選択です」

話を聞いて辞めていく者もいたが、古参の年増や帰っていく家のない者は継続を望んだ。翌日からは五十人ほどの大工の手により、建物の改造や化粧替えが急ピッチで進められた。海に面した大きく美しい建物と評判の高かった高級料亭だけに、座敷を仕切って小部屋にするのには断腸の思いがあるし、手間もかかる。資材の調達もままならぬ時代なので難儀し、大工による突貫工事でようやく仕上がったのは、大部屋を細かく間切にされた三十ほどの割部屋だった。都が国立病院から運んだ簡易ベッドの上に、都から持ち込まれた布団と毛布が敷かれた。また椅子、テーブルも並べられた。

八月二十八日に連合軍が進駐してくるといわれていたが、二十六日にはすでにR・A・Aの理事たちは、銀座の事務所に集めた三十八名ほどの応募者たちを、K園に送るべく手はずを整えていたのである。営業に必要な生活什器、衣服、布団、二百個のコンドームは、東京都と警視庁が各施設用に現物を用意していた。そして応募者たちに、東京都から配布されたのは、当時としては貴重品だとはいえ肌襦袢二枚、腰巻き二枚、メリンスの長襦袢一枚のみであり、その他洗面器、歯ブラシ、歯磨き粉、石鹸、タオルと手ぬぐいの類いであった。

女たちを乗せたトラック二台が事務所前から出発するとき、理事や職員たちは万歳三唱をして見送ったという。戦時中に軍需工場に徴用された女性たちは、女子挺身隊と呼ばれていたが、それになぞらえ職員たちは慰安婦たちを特別挺身隊員と命名した。国の存立のために操を捧げる娘たちを送り出す心情は、特攻兵士を送り出す悲壮感となにやら通ずるものがあったのだ。

八月二十七日K園慰安所開店。翌二十八日特殊慰安施設協会（後に国際親善協会と改称）設立の宣誓式。そして同二十八日午前七時半に、アメリカ軍第一〇空挺師団が神奈川県厚木飛行場に到着し、三十日に日本占領連合軍最高司令官ダグラス・マッカーサー元帥が同厚木飛行場に降り立った。また同日には一千二百名が横浜への一次進駐をし、また厚木飛行場にも一千名が着陸した。九月一日からは横浜港からも上陸が開始され、米機動第八軍の隊員数は三千名となった。これらの将兵たちを慰安するという国策により、国家売春命令の足跡ともいえる第一歩が、踏み出されたのである。

R・A・Aの腕章をつけた職員たちに守られながら、二台のトラックから降りてきた女たちを目にしたK園亭主は、そのあまりにも疲弊した姿に愕然《がくぜん》とせずにはいられなかった。化粧気はなく肌も色艶を失い、やせ細った身体に粗末な着物をまとった風采は、花街の女の醸し出す色香とは無縁だった。吉原、千住、玉の井、亀戸あたりの業者が娼妓を寄こすことになっていた。したたかな経験のある玄人なら、米兵相手でも勤めを果たしてくれるだろうと思う。だが目の前にいる女たちの多くは、男と接触したことのない素人ばかりのように見えた。戦争さえなければ、空襲にさえあわなければ、風俗関係の仕事などとは関わりのない生活を送ったに違いない。

国策とはいえ大和撫子の純潔を守るための防波堤造りに、素人の女性を用いて苛酷な売春行為を強いることには矛盾がある。そもそもこの事業の目的は、素人の女性を守る防波堤造りなのである。そうだとすれば素人を慰安婦に仕立てることに、瑕疵《かし》があると亭主は思う。だが彼女たちとて「生きるか死ぬか」の瀬戸際に立たされ、自らの覚悟のうえでこの道を選んだのだろう。餓死者が日をおうごとに増えている現状であれば、この選択肢もやむを得ないのかもしれない。日本は歴史的にも売春公認の国柄だし、江戸時代には遊郭が栄え、公娼制度は延々とつづいている。親兄弟の犠牲となって、身を遊郭に売るのが美徳とさえ言われた時代もあった。売春はかならずしも罪悪とはいいきれぬと解釈することで、引き受けた事業を進めるしかなかった。

女たちは風呂に入ってこざっぱりし、メリンスの粗末な長襦袢とはいえ着替えもできたし、食事も供せられたので気持も落ち着いたのか、緊張した固い表情が和らいだように見えた。しかしそれはほんの一時の安らぎでしかないことを、亭主は察知していた。実際に連合軍将兵を迎え入れれば、彼女たちの悲憤慷慨《ひふんこうがい》は計り知れないものがあるだろうし、抵抗して逃走する心配もあった。

R・A・Aではすでに遊郭の遣り手ばばあの女将から、性交渉についてのノウハウを教えたという。また慰安婦の采配役として、取締兼世話役を派遣してきていた。この道に詳しく、外国人とも馴染みがある年増女だという。

二十七日の夕方K園前に外国車が止まり、中からカーキ色の軍服姿の将兵が五人降りてきた。腰にはピストルが光っていた。それを目にした玄関番の老人が驚いて声をあげ、気づいた女中たちはいっせいに奥へと逃げ込んだ。この日を予想していた亭主は、雇った通訳の男性を伴って客人の前に立った。米兵らは缶ビールを片手に、和やかな表情で玄関に入ってきた。

「こちらのハウスに、お嬢さんたちがいますね。会わせてください。このカードを見てきました」

若い米兵が通訳に手渡した一枚のカードには、英文字で慰安施設K園という名称と、その所在地と地図が印刷されたていた。案内用にそうしたカードを本部で印刷するという話を聞いていたとはいえ、進駐してきたばかりの将兵が手にしていたことは驚きだった。亭主は通訳を通して彼らに客としてもてなす旨を伝え、広間へ案内することにした。

「日本では、ハウスに上がるときシューズを脱ぎます」

土足であがろうとする彼らに通訳が注意すると素直に従って靴を脱ぎ、軍隊用のグリーン色のソックスのまま廊下を歩いた。広間に通されると、持参した缶ビールを飲みながら楽しげに談笑していた。信じられないほど紳士的な米兵らの態度に、警戒心も極度の緊張感も緩んだ。これなら芸者を呼んでも悪さはしないだろうと判断し、かねて本部の役員と接客について練っていた計画通り、大森海岸の芸者衆を呼んだ。芸者衆は戦時中海軍をもてなしたように、手踊りなどを披露した。

三味線の音が響き小唄が唄われ、K園には久しぶりに華やいだ空気が流れた。客が進駐軍将兵であっても、芸者衆の醸し出す雰囲気には独特の色香が漂う。これが料亭の本来の有り様なのだという感慨にひたりながら、亭主は困惑気味に料理を運ぶ仲居たちを見守っていた。

「ハロー。お嬢さん」

突然米兵のひとりが仲居に近づき、抱きすくめるようにして言った。驚いた仲居は米兵の手を払いのけ、脱兎のごとくその場を逃げ出していった。彼らはビールを飲んだが、料理はあまり食べず、芸者衆の手踊りにもそれほど興味をしめさなかった。ひたすら料理を運ぶ和服姿の仲居たちへ熱い視線を送り、血走った目を向けた。

「この女性たちはハウスメード。お嬢さんではない」

「お嬢さんはどこ」

「このハウスにいます」

「会いたい。ハバハバ」

「今はランチタイムだからダメ」

通訳は懸命に説明したが、アルコールの入った米兵らには理解されなかった。芸者衆があわてて引き上げると、彼らは仲居を追いかけて抱きすくめ、着物の裾から手をつっこんだ。仲居は悲鳴をあげ、彼らから必死で逃れた。亭主はついさきほどまで紳士的に振る舞っていた米兵らの、あまりの豹変ぶりに驚愕《きょうがく》した。

慰安施設設立を検討していた折に吉原の成川組合長が、戦場帰りの性に飢えた兵隊に料理など出しても無駄だ。彼らが求めているのは女の体なのだと豪語していたので、米兵らの行動は織り込み済みだったとはいえ、やはり衝撃を受けずにはいられなかった。ことを納めるべく、急いで仲居や女中が逃げ込んだ女中部屋に足を運んだ。女たちはみな不安げな表情で、咎めるような強い視線を亭主に向けた。

「なんとかしてくださいよ」

「約束が違うじゃあありませんか」

「女中や仲居には兵隊の相手はさせないっておっしゃってたから、安心してたんです」

「そうよ。慰安婦を用意しているから心配するなって。なのに兵隊は私たちに悪さをしたわ。怖いです」

今まで逆らったことのない女性従業員たちが、口々に強い言葉で抗議した。

「責任は客の品性を見損なったこのわたしにある。悪かった。さっそく兵隊を慰安婦部屋に案内するから、安心してくれ」

　亭主は通訳に事情を話し、将兵らを慰安婦のいる割部屋へ案内させた。ここは一応治まったものの、この日から慰安施設K園の苦闘の日々が始まったのである。

四　生娘慰安婦たちの犠牲と悲劇

大森海岸から吹き寄せる海風の音に混じって聞こえてくる、女の悲鳴と米兵のわめき声を、K園女中頭の治代は耳にして胸が震えた。生娘《きむすめ》とおぼしき若い女たちが、どれほどの恐怖にかられながら外人兵士に犯されたのかと、可哀想で涙がこぼれた。皆のっぴきならぬ事情があって協会に応募してきたのだと思うだけに、いじらしくてならない。五十過ぎの治代にとって、彼女たちが自分の娘のような年頃なだけに気持が滅入った。長年K園で働いてきた女中頭にとってはそれなりの誇りもあり、国策とはいえ若い女たちを生贄《いけにえ》にするようなことには抵抗があった。すぐにでも退職したかったが、帰るべき家のない年増女にとっては、ここにしか生活のより所はない。

進駐軍将兵らは深夜に帰っていったが、割部屋に入ってみると乱れた寝具に倒れ伏す女たちの姿は見るも無惨で、苦しげに荒い息を吐き、全裸の肌には汗がこびりついており呆然自失といった状態だった。心臓麻痺でもおこされたら困るので、女中たちは後始末にも気を配った。シーツには血痕があちこちに見られたので新しいものに交換したが、それは相手をさせられた娘が処女であったことを意味していた。裂傷を負った傷口の手当ても終え、馴れぬ仕事だけに女中たちもほっとしたのだが、やはり慰安所務めの不安はぬぐえない。それでも夜は明け朝が訪れる。

二十八日朝。夕べの出来事で疲労したのか、治代は熟睡していたが女中たちからたたき起こされた。何事かと訝《いぶか》りながら着替えをして部屋をでたが、そこで眼にした驚くべき光景に顔色を変え、言葉を失った。K園の玄関口には昨晩やってきた進駐軍将兵と同じような軍服姿がたむろしており、なにやら大声でわめいていた。よく見ると兵隊らはK園の前にとどまらず、京浜国道に沿って列をなしているではないか。所狭しと空き地に止められたジープと、数知れぬ外国人将兵の群れ、そのさんざめきが街道一帯に異様な雰囲気をかもしだしていた。

治代は女中頭としてなにをどうすればいいのか検討もつかず、混乱した気持のまま玄関前の広間に立ちつくしていた。

「これはいったいどうゆうことですか」

しばらくしてあたふたと現れた亭主に向かって、一気に疑問をぶつけた。

「兵隊が、どこでかぎつけたのか、うちをめざしてやってきたんだ」

困り果て途方に暮れた答えが返ってきた。

「それにしてもすごい人数だなあ。予想だにしていなかった」

「夕べの兵隊さんの相手をしてくれた人たちは、本当に大変でした。本部がよこした人の中には素人さんもいるので、気の毒ですよ」

「そうなんだ。本部でも花柳界に玄人衆を集めてくれるよう頼んでいるが、空襲で死んだ者や疎開した者もいて、なかなか夕マが揃わんらしい」

「遊郭のことはよく分かりませんけど、夕べのことから推し量りましても、本部のよこした人数だけで賄えるとは到底思えません」

治代は亭主の困惑ぶりを承知しながらも、かなりきつい口調で言った。

「これから本部と交渉する。このままでは大事になる」

亭主は不安げな表情で、事務室へ駆け込んでいった。

玄関前の喧噪《けんそう》はますます激しさを増し、今にも扉が破壊されそうな様相を呈していた。

治代は本部の対処を見極めようと思い、とりあえず仕事の手順を女中や仲居たちに伝えなければと、女中部屋へ向かった。いつものような掃除、食堂の手伝いや、慰安婦部屋から出た大量の汚れものの洗濯もさることながら、これから迎え入れる客への準備がなによりも急務だった。協会から派遣された取締兼世話役の年増女も、昨夜から寝ずに奮闘したのでまだ起きていなかった。治代自身どういう応対をすればいいのか分からず、お手上げ状態なのである。相手が言葉も通じない外国人だけに、ことが順調に運ぶとはとても思えないが、なんとか意思疎通をはかりたいものだと思う。しかしそうした客人への気遣いと裏腹に、ことは異常な事態へとつき進んでいった。

「オープン、オープン」

「オープンザドア」

狂気じみた声は、あたりに響きわたった。そして玄関の扉はついに壊され、マシンガンを手にした兵隊を先頭に、数十人が雪崩をうって家の中まで押し寄せた。

「お嬢さんお嬢さん」

「ヘーイ、ゲイシャ・ガール」と口々に叫びながら、泥靴のまま中へ侵入してきた。昨日亭主が不用心だからと屈強な若者を玄関番に雇い入れたが、胸ぐらをつかまれて突き飛ばされたりで、なんの役にもたたなかった。女中や仲居たちは素早く奥へと逃げ込んだが、割部屋の慰安婦たちはたちまち彼らに見つかり、ベッドに押しつぶされた。行為を拒もうとすれば殴る蹴るの暴行を受け、鋭い悲鳴が廊下にも響いた。

日本へ真っ先に進駐した海兵隊員（マリーン）は気が荒く、その上アジアの島々の最前線で戦った者ばかりなので、女に飢えている。それだけに割部屋に突進してきた男たちの欲情は凄まじく、狂気じみてさえいた。慰安婦たちは首を締められたりして、殺されるかもしれないという死の恐怖を感じたという。

治代は真昼間から繰り広げられる狂騒した光景に肝がつぶれ、敗戦国の惨めさに涙があふれた。国の存立のために力になろう、という亭主の心意気に賛同した女中頭の誇りはもはや完全に喪失していた。けれどやりとげねばならない仕事は山積しているので、一時も手を抜くわけにはいかなかった。

兵隊らが引き上げたあと割部屋に行くと、ほとんどの女たちは全裸のままベッドの上に、まるで死体のようにぐったりと横たわっていた。眼差しは虚ろで無表情な顔に生気がなく、話しかけても答える者はいなかった。あたりには悪臭がたちこめていて、息をするのも苦しかった。見まわすと土足で踏み込まれた床は汚れており、使い捨てられたコンドームが散乱していた。部屋の掃除やシーツの交換もしなければならないが、真っ先にやる仕事は、女たちの体を清めることだった。

消毒室での局所洗浄の手伝い、裂傷の手当などは大事な後始末で、年増の女中や仲居が担当した。なにしろ三十八人あまりの慰安婦を扱う不馴れな仕事だけに、みな疲労困憊した。ひどい物不足で鼻紙がなかった。本部が届けてきた荷の中にも見あたらなかったので、早急に用立てを依頼したが願いはかなわなかったのだ。鼻紙なしでは処理することができない。一同途方に暮れたが、どうすることもできなかった。しかたがないので月経のときのように、古布を熱湯消毒し、鼻紙サイズに引き裂いて使うことにした。

開店当日は夜の十二時を閉店ときめていたのだが、まだ大勢の兵隊が居残っていた。欲望を満たすことができない男らの怒りは激しく、ピストルをつきつけて目的をはたそうとした。亭主は営業時間を少しだけ延長したものの、何人もの相手をさせられた慰安婦たちの体力は限界に達していたので、通訳を通じて説明し納得してもらうことになった。チケットを一枚百円（当時の遊郭は五円程度）で販売し、明日からはこれを持参しない者は受付ないことにした。ピストルで脅しても無駄だと分ったのか、兵隊はしぶしぶ引き上げていった。

取り決めとして料金はショート・タイム（後にワンタイムと改める）を三十円とし、入場時にチケットと引き替えに渡した。入室と同時にチケットを受け取った慰安婦は、翌朝経理係から現金と交換する。R・A・Aとは折半である。

当初はこうしたこまやかな対応もできたがそれもつかのまのことで、日を追うごとに事態はより深刻な状況となっていき、十日もたつとお手あげ状態となった。K園の噂を聞きつけた兵隊がひっきりなしにやって来るので、あたりには軍服姿が溢れかえり、近辺の住民や通行人は恐ろしさに震えあがった。K園とて押し寄せてくる凄まじい客の数にお手あげ状態で、本部に早急の応援を求めた。その要請に応え、終戦連絡中央事務局が依頼したMP（米軍憲兵）やSP（米海軍憲兵）が、自動小銃や軽機関銃を手にして警備に当たった。

R・A・Aからも日を追って十人から二十人ほどの慰安婦を送ってきが、困ったことに割部屋が足りない。急きょ広間を屏風や衝立で仕切り、軍隊用の毛布などをかき集めて寝床をしつらえた。割部屋でさえ女たちは嫌がっていたのに、屏風の内側での行為は羞恥そのものだった。そればかりか土足で上がり込んだ兵隊らは、屛風を足蹴にして押し倒すので、すべてが丸見えとなってしまう。その上酔狂にも、彼らはお互いに口笛を吹いて合図しあった。

慰安婦たちは夜となく昼となく接客させられるので、十日もたつとすっかり疲弊して別人のような容貌となった。精神的な衝撃からか食事もろくにとれないようで、日に日に痩せていくのがわかった。このままでは病死する者が出るのではないかと、治代の心配は増すばかりだった。

慰安婦への気遣いとともに仲居や女中が、荒くれどもに悪さをされないようにという気配りもせねばならなかった。兵隊は慰安婦と従業員との見境などなく、若い娘を見ればいきなり抱きついて接吻したり、追い回して着物の衿から手をつっこんで乳房を掴んだりする。従業員はすっかり怯え、仕事がとどこおった。そしてついに若い仲居が、布団部屋で数人の兵隊に犯されるという不幸に見舞われた。

治代は泣き崩れる若い仲居の裂傷の手当をしながら、自分はもう女中頭としての務めを果たすことができない、と弱音を吐かざるを得なかった。その思いは開店の数日後におきた二人の女性の不祥事が、いまだに自責の念として心にこびりついて忘れられないからだった。

その日、十八歳の生娘と思われた女性が施設を脱走し、行方知れずになった。銀座のR・A・Aからトラックに乗せられて、K園にやってきた慰安婦の一人だった。東京空襲で両親を亡くし、明日の食べ物もない暮らしに行きづまっていたとき、R・A・Aの募集広告を見て、事務員志望で応募した。売春婦の募集だと知ったが、行き場所のない飢え死寸前の身には、しようのない選択だったらしい。しかしいざ客を迎え入れるとなると恐怖感をつのらせ、ひきつった頬は青ざめ、唇を震わせてむせび泣いた。割部屋を飛び出して、いっとき物置に逃げ込んだりして治代を手こずらせた。そのうち観念したのか割部屋へ戻り、逆らうことなく客を迎え入れ、他の娘たちと同じように辛い壁を突破したかに思えた。これで落ち着いてくれればと願ったが、ことは簡単には収まらなかった。

「ここから逃げだした人がいるってほんとなんですか」

切羽つまった顔で尋ねられ、この人は本気で脱走を図っているのではと憂慮せずにはいられなかった。

「そんな噂、信じちゃあだめよ」

「逃げるとつかまってリンチされ、目玉をくり抜かれるって聞きましたけど」

「誰がそんなデマを言いまわるのでしょうね。ここは遊郭じゃあないから、そんな心配しないでね。K園はお上承認の慰安所なのよ」

治代はそんなふうに話したが、じくじたる思いは拭えなかった。自身の胸のうちには、いまだに高級料亭の女中頭としての心情が波打っているのを否定できなかったのだ。

娘はその日の夕方、こつぜんと割部屋から消えた。部屋には相手をした客の姿もなく、よれよれの汚れたシーツに覆われたベッドの上には、引き裂かれた下着が散らばっていた。女中たちも心配してあちこち探しまわったが、見つからなかった。

「そういえばあの人の割部屋から、あわてて飛び出していった黒い兵隊を見たわ。やけにでっかくて、目がぎょろついてて怖かった」

不安げに言う仲居の言葉を聞いて、治代は娘の身の上によからぬ事態が生じたのではないか、という嫌な予感を覚えた。まだ用を達しない輩があちこちにたむろしており、あたりには不穏な空気が流れていた。慰安婦たちは夕食をすませ、多少ほっとした気分でそれぞれ自分の部屋へと引き上げていったが、その中に娘はいなかった。十八歳の生娘にとって、兵隊との性交渉はどれほどの恐怖だったか、脱走を責めることなどできないだろうと、協会の役員たちに言いたかった。

もう一人は横浜市内の一流銀行の行員だった若い女性の、あまりにも悲惨な結末にただ涙するばかりだった。銀行の行員をやめてまで、なぜR・A・Aに勤めることになったのかは定かではないが、銀行の給料では賄いきれない事情があったに違いないと推測するしかなかった。

K園の開店初日はまだ設備が十分に整っていなかったので、押し寄せてきた米兵は、女性がそこにいればところかまわず性行為を強行した。逆らえば殺されかねない暴力的な姦淫が、慰安婦を襲った。遊郭から集められた玄人でさえ音をあげる兵隊たちの本能むき出しの行為に、素人の女性が平常心でいられるはずもなかった。心が壊れ、精神状態に異常をきたす者が出ても不思議ではない。その一人が、銀行出の女性だった。

青ざめた表情はどこか虚ろで視線もさだまらず、言葉をかけても返事がかえってこなかった。女中たちが、

「あの人、神経衰弱じゃあないの。食事もろくにとらないみたいね」とそれとなく気遣ってはいたが、本人がなにも言わないのでそれ以上立ち入ることはできなかった。その夜、深夜になって大森警察署から、

「東京電鉄（二十三年から京浜急行となる）へ飛び込み自殺をした女性がいるのですが、お宅の従業員ではないかと思います。至急署までおいでください」という緊急連絡があった。治代は亭主とともに大森警察署に駆けつけた。むしろを被せられた遺体は、銀行員だった女性の変わり果てた姿だった。蠟のように白い頬には血がこびりついており、身につけている浴衣地も血で染まっていた。遺書があるはずもないが、遺体そのものが遺書であり、国策により生贄にされた女の怨念がにじみでていた。

治代がいまだに悔やむのは忙しさのあまり、素人の慰安婦に対しての心配りに欠けていたことである。精神状態がおかしいことを察知したら、一時でも隔離していれば病状は治まったかもしれない。うすうす気づいていながら、なんら手をうたなかったばかりに、若い女性を死なせてしまった、といつまでも心が晴れなかった。

開業からひと月もたつと慰安婦の人数は百人ほどになっていたが、兵隊も増える一方なので、順調にことが運ばなくなっていた。順番待ちに苛立って興奮した兵隊が従業員に乱暴狼藉を働くので、怪我人もでる有様となった。本部では遊郭から玄人をかき集め、能率の悪い素人と入れ替えることにした。吉原の「海老楼」の女将を監督に、その助手に「桂木楼」の女将をK園に送り込み、ことが無事におさまるようにと配慮した。この道で長年苦労してきた両人だけに玄人筋の扱いも手際よく、女一人で十五人から四、五十人もの兵隊の相手をさせた。玄人が来てからというもの、不満が解消されたのか兵隊どうしの争いもなくなり、女中や仲居に手をだす者も少なくなった。

素人の娘たちは本部の意向で、日本人相手の公娼地区で再教育を受けることになった。しかし三十数人いた第一陣の慰安婦たちは、病死したり自殺したり気が狂ったり、また重い病に倒れたりして半数ほどになっていた。治代は彼女たちとの決別の日、生娘が身を削って耐えた日々の悲惨きわまりない情景が脳裏に甦り、こみあげてくる激情を抑えかねた。言葉なくただ涙ながらに抱きあって別れた。

K園の近くに「楽々園」「花月」「仙楽」などの慰安所がぞくぞくと開業したので、進駐軍将兵も各所に散らばり、仕事はかなり楽になった。それにやり手の女将が玄人を采配するので、その点でも肩の荷がおりた。しかし急増する慰安施設では米兵とのトラブルが多発していたので、世間の評判は日々厳しさを増した。治代がとくに心を痛めたのは、九月になって横浜の山下町に開業したばかりの互楽荘で、たてつづけに起きた悲惨な事件だった。新聞各紙も、この事件を取り上げている。

「占領軍の横浜進駐に先立ち、若い婦女子に対する兵隊の暴行が心配された。これら女性の防波堤のため、占領軍用の慰安所の設置で真金町、綱島、本牧などの業者が県に動員された。山下公園に近い海岸通りにある横浜では一流の県営アパート・互楽荘が施設として提供され、第一号慰安所としての開業は九月一日ということになった。この日までに業者が必死になって集めた慰安婦は、たった十四人だった。女たちは全部かつて本牧で働いたことのある前歴者ばかりである。

この貞操の防波堤は、実は、連合軍の〈獣欲台風〉で無残にも一夜のうちに破られてしまった。というのは九月一日開店前の八月三十一日夕、早くも百数十人の兵が押しかけ、山田武三（現在スターホテル経営）ら三名の業者に自動銃をつきつけ、一室に監禁してしまった。十四人の女に百数十人の兵。慰安も何もあったものではない。翌朝、日本の女たちは半死半生で泥ぐつで踏みにじられていた。」

（読売新聞「戦後十年とっておきの話―四」昭和３０・８・１８）

凶事はそれだけにとどまらず、街中を震撼させる出来事が起こった。その夜、年若い慰安婦が、黒人兵の相手をするのを強く拒んで逃走した。彼女は別の黒人兵からひどい扱いを受けたので、その嫌悪感から拒否したらしい。憤慨した米兵が追いかけたが、またもや激しく抵抗され激高のあまり絞殺してしまった。駆けつけてきたMPは、即座に黒人兵を射殺した。互楽荘は本部の意向を受け閉鎖された。

あまりにも惨い犠牲を強いられる慰安婦たちが、治代は可哀想でならなかった。なぜ彼女たちは施設から逃げ出さないのかと疑ったが、それは日本人らしい運命に殉じるというあきらめの美徳だと悟った。R・A・Aの幹部も、戦時中のような滅私奉公の精神を説いたと聞いていたが、K園の亭主までもが、

「あなた方は、四千万の大和撫子の純潔を守り、敗戦国となったこの日本を救うために選ばれたのだと思ってください」と熱意をこめて話していた。

彼女たちはその言葉を受け入れ、自分の犠牲によって救われる人がいるのなら、といった日本女性らしい美徳の精神に殉じたのだ。怖くて逃げ出せなかったのではなく、あえて逃げ出さなかったのである。国体維持のため、勝者に捧げ物をするが如く慰安所を設置し、素人の娘たちに性的交渉を強いる、といった国のやりかたが治代は納得できなかった。

五　踏みにじられた国体護持の挺身

二十年八月二十五日の朝早くに、岡﨑みさは黄金町を出発して、銀座のR・A・Aの事務所にきていた。その日が契約時に交わした参集日だったので、着替えを包んだ風呂敷包みを持ってやってきたのだった。事務所内には二、三十人ほどの若い女性が集まっているので、なんとなく和らいだ雰囲気が漂っていた。ほとんどの人は粗末な衣服を身にまとっていて、洗いざらしのもんぺ姿の人が多かった。みさは木綿の白いブラウスに紺色のタイトスカートという格好だった。

「賢くも聖断を拝し、連合軍の進駐を見るにいたりました。政府の要請で設立されたこの協会は、戦後処理の国家的事業として、進駐軍将兵の慰安に従事することとなりました。この大事業は国体護持のため、また四千万の大和撫子の純潔を守るために挺身するものであり、あわせて国民外交の実を挙げるのが使命です。ここに参集してくださった皆様は、滅私奉公の精神で、国のために尽くしていただきたい。皆様の尽力なくしてはこの事業は成り立ちません。どうか国体護持の大精神に則り、ご協力ください」

理事長の話は延々とつづく。娘たちはみな不愉快そうな表情で、一時も早く話が終わることを願った。次ぎに吉原の女将だと名乗る和服姿の中年女が、客の扱いについて語りだした。遊郭で長年娼妓の教育係をしてきたベテランだ、と事務長が紹介した。

「あなた達がお相手をするのは外国の兵隊さんで言葉も通じません。なにしろながいこと戦場にいたのですから、気が荒くなっているでしょうから、できるだけ優しくもてなしてください。そうすれば乱暴なことはされないでしょうし、チップもはずんでくれるかもしれません。それから最も注意しなければならないことは、事後の洗浄と消毒です。妊娠と病気を予防するためには、怠ってはなりません。方法が分からない方は、申し出てください」と、一同を見渡しながら、

「経験者は素人さんに教えてあげてください。お願いします」とつけ加えた。

「男のサイズは人によって大小様々だし、人種によって肌の色も違います。もし普通以上に大きい場合は、下腹部に襦袢の裾をからげて挟み込むとか、手拭で抑えるといいです。外国人は、特大サイズの男が多いといわれていますから、用心してください」

サイズという言葉が女将の口から出たので、娼妓らしい格好の女たちは声をたてて笑った。なにが可笑しいのかさっぱり分らないみさだが、以前友達の家で産科のお医さんの本を見せられ、男と女の体の違いを知った。そして恥ずかしい格好で写っている人体の写真を目にして、頭の中が真っ白になった覚えがある。

「次にゴム製品のサックについて話しましょう。これが実物です。ごらんください」

女将はそう言ってから、サックを近くの女性に手渡した。

「サックは性病予防と、妊娠予防にはなくてはならない品です。使い馴れたゴム製品を使って、徹底的に防御するしか予防はできません。客が拒んでも、うまくふるまって使用してください。いまサックが不足していますので、なかなか手に入らないのですが、協会が奔走して皆さまのためにかき集めました」

サックという製品がいったいどう使われるものなのか、実物を見せられても戸惑うばかりだった。女将はサックの挿入のしかたや洗浄の方法をこと細かに教えてから、

「なんといっても馴れること。最初は苦痛でも、馴れてしまえば客あしらいも楽にこなせるようになるでしょう」としめくくった。

あの日みさは銀座から横浜へ帰ると、Y病院に直行し入院費を返済した。協会から前借して支払ったのだが、追加は働いた賃金で返す約束をした。病院では家庭の事情を考慮して、しばらく面倒をみてくれることになった。世情が混沌として食糧事情が最悪なときだけに、母娘は病院の温情に救われる思いだった。けれど彼女にはまだ重い課題が残っていた。それは就職先についての説明と母親の承認をとりつけることである。お上の仕事とはいえ、進駐軍相手の慰安婦だとは

口が裂けても言えない。嘘をつくしか術はないのだが、働く所などなかなか見つからない昨今だけに、母親を納得させるのは容易ではない。そこで徴用で勤めた川崎市堀川町の電気会社のつてで、会社女子寮の管理人をすることになった。住み込みだけど、いいかな、というつくり話をした。

「わたしが入院してるんで、治療費もかかるし、迷惑かけるね」

母親はそう言って涙ぐみ、くわしいことは尋ねなかった。

「これは和雄が寄こした手紙なんだけど、わたしが持っているとなくしてしまいそうなんで、預かっておいてほしいのよ」

差し出された封書は、みさにも届けられた兄からの封筒と同じものだった。

「お兄さんからもらった手紙、持ち歩いて傷めてしまうといけないから、防空壕にあるブリキ缶に入れてあるの。一緒に保管しておきましょう。お母さんたちに寄こしたお兄さんからの手紙、わたし読んでもいいかな」

「いいわよ。お父さんと読んだけど、遺言みたいなものだから、みさには見せなかったの。でも二人ともあの世に行ってしまった。哀しいけど、運命だからあきらめるしかないわね」

「今夜、じっくり読みますね」

みさは母親から封書を受け取り、目の前にかざして恭しく頭を下げてから、手提げ袋に収めた。

「住み込み前にやることが沢山あるのよ。お父さんの骨壺はご住職さんのご厚意で預かってもらってますけど、お参りぐらいしなければ罰があたるでしょう」

「わたしもお参りしたい」

「退院したら、その日のうちに連れていってあげるわね」

嬉しげに頷くその顔には、包帯で包まれて見えなかった火傷のひきつれが、露わになっていた。痩せこけた頬にほつれた白毛がまといつき、暈《かさ》がめっきり減ってしまった母親の背中を撫でさすりながら、偽りの就職話をしたことを心から詫びていた。

Y病院の医師から、

「自分は耳鼻科医なので、火傷の専門医に診てもらいました。深度二で、油脂などによる火傷なので深層まで達しているが、初期の手当が良かったのでかなり回復している。ただ体力も消耗しているから、感染症などにかかりやすい。その点は要注意だというのです。私も同じ診断です。湿気のある防空壕暮らしでは芳しくないので、もうしばらくうちで面倒をみましょう」といった思いやりのある話をされ、みさは暗闇の中で一筋の光明を見たと思った。医師に言われたことを母に伝え、黄金町の我が家に戻った。防空壕の暗がりの中でローソクに火をつけ、母親から預かった和雄兄の手紙を読み始めた。

父上様、母上様

これが最後の手紙になると思ひますし、明日は外出し自分で投函できますので、ありのままの気持を書くことにします。

この歳まで私を慈しみ、大切に育んで下さった御恩は忘れません。今私の脳裏によみがえってくるのは、家族で過ごした懐かしひ思ひ出の数々です。温かき父母の御理解のもとに、私は経済學の學問を學ぶことができました。父上様が職人として苦労しながら學費を用立て、高等學校から大學まで進ませて頂き常に感謝して参りました。それにもかかわらず父母上様に苦労ばかりかけ、なんの御恩返しもできなひまま、特攻隊員として出撃して往く私を御赦し下さい。

祖國日本の代表的特別攻撃隊に選ばれたことは、身の光栄之に過ぐるものなしと痛感致し居りますが、親心を思ふとやはり複雑な心境です。私は技倆抜群の隊員と認められたのであり、私達ぐらいの飛行時間で第一線に出るなどといふことはほとんどないそうです。

体力にも恵まれ、技倆面でも評価された者として、身を國の為に捧げ、義務と責任を果たして死んでいくのはそれなりに意義があると思っています。大學の先輩は、特攻隊のパイロットは一器械に過ぎぬ。人格もなく、理性も感情もかなぐり捨てて、ただ敵の航空母艦に突進していく。まさに自殺行為である。愚かしひ行為だ。操縦桿は握るな、戦死することを考えてはならぬと申します。

多くの人がなによりも願っているのは「平和」ではないでしょうか。戦争は人間の幸せを、根こそぎ奪ってしまひます。

「世界がぜんたい幸福にならないうちは個人の幸福はあり得ない」

右は、詩人で童話作家宮澤賢治の言葉です。私はこの作家の作品を愛読していますが、心をゆさぶられる一言です。地球上に共生する人類が、殺し合ふことほど不幸なことはありません。世界ぜんたいが平和で幸せになることを、私も強く望みます。戦争が早期に終結することを願って、我が愛機（ヤー四〇六）を駆って敵艦に突入する私は、軍人ではなく経済學を學んでいる一學徒なのです。

父上様母上様、私が死しても魂となって常に家族に寄り添っております。魂は永遠に不滅だと信じています。どうか御身体を労られて、お過ごしください。

岡﨑和雄

昭和二十年四月十二日

ローソクの灯りに照らされて浮かびあがる几帳面な文字を追いながら、みさは沸き上がる感情の激しさに声をあげて泣いた。死を前にした和雄兄の心情が痛いほど伝わってきて、胸をかきむしられた。兄は心の奥底では「死にたくない。生きたい。生きて経済学の学問を全うしたい」と思っていたに違いない。それなのになぜ死亡率の高い特攻隊を志願したのか。それは偽善ではないのか。と彼女はその一点にこだわってしまう。

兄が軍人ではなく、一学徒として死んでいくのだと書き残しているのを読み、昭和十八年十月二十一日に、明治神宮外苑で行われた出陣学徒壮行会の鮮烈な情景を思い出さずにはいられなかった。あの日東京の空は雨雲に覆われて、外苑競技場には冷たい秋雨が降っていた。三十分遅れの九時二十分に学徒の分列行進が開始された。その中に兄和雄がおり、みさは彼らを見送る女学生の一人だった。

昭和十八年になると南太平洋まで広がった戦線も次第に後退し始め、戦況は厳しい局面を迎えていた。兵員の消耗は激しく、それを補充するために大学生、高等学校生、専門学校生の徴兵猶予を停止して兵役につかせ、戦場に送ることが決定した。学徒出陣はその年の十二月に施行されたのである。そして入隊を控えた学徒を明治神宮外苑競技場に集め、文部省、学校報国団本部主催で出陣学徒壮行会がとり行われた。首都圏の一都三県、七七校の学徒が参集した。

壮行の分列行進は、陸軍戸山学校軍楽隊演奏の観兵式行進曲の旋律に合わせ、銃剣を担った学徒が進んだ。先頭を白地に「大學」と紋章を記した校旗を奉じて東京大学（東京帝国大学）の学徒が勤め、官・公・私立大学が続いた。その後は高等学校、専門学校も官・公・私立の順で行進した。みさは大学隊列の中ほどに、銃剣を担って歩む学生服姿の和雄兄の姿を見た。スタンドからの距離では不鮮明とはいえ、いまでも瞳には兄の悲壮な顔が焼き付いている。

式典の次第は宮城遙拝、君が代奉唱、明治神宮・靖国神社遙拝、宣戦の詔書奉読、内閣総理大臣訓示、文部大臣訓示、在学学徒代表壮行の辞、出陣学徒代表答辞、『海行かば』斉唱、万歳奉唱だった。東条英機《とうじょうひでき》首相は「御国の若人たる諸君が、勇躍学窓より征途に就き、祖先の遺風を昂揚し仇なす敵を撃滅して皇運を扶翼し奉るの日は来たのである。（後略）」と訓辞した。

岡部文相は「今や諸子は単なる学徒ではなく実に身を以て大君の御楯となるべき最も大切なる使命を負うの秋《とき》が来たのであり、特に近き将来皇軍の幹部として立つべき重大責務を荷うてをる。学園より蹶然起って先輩の偉勲に倣ひ海に陸に将《は》た決戦の第一線を目指して進撃するの路が開かれた」と激励した。

学徒の壮行の辞と答辞ののち、明治神宮外苑に集う人びとは『海行かば』を斉唱した。

スタンドで見送っていた女学生たちは『海行かば』を歌い始めると感極まって起ち上がり、グランドに駆け下りて行進してくる学徒を見送った。みさもその雰囲気に包み込まれ涙ながらに兄を見送った。この歌を耳にすると、しらずしらずに涙が溢れた。出征兵士を見送るたびに、そして英霊を迎えるときに歌うことがおおかったのだ。兄が学徒出陣しても、英霊として迎えることだけはいくら非国民といわれようとも、断固拒否したいと思った。

あの日の情景はあまりにも鮮烈で、記憶にこびりついたまま薄らぐことはなかったのだ。

R・A・Aでは、空腹でやってきた女たちに、国民食堂で食事を与え、風呂を準備して、手拭いと石鹸を手渡した。彼女たちにとって、入浴は至福の一時だった。その上浴衣と帯まで与えられたので、気持も和んだ。横浜空襲で街が廃墟となり、銭湯など跡形もなくなってしまったので、みさは何日も風呂に入っていなかった。タオルでこすると、ぼろぼろと垢がとれ、一皮むけたように肌が白くなり、人間らしい感覚を取り戻した気分になった。その夜は幸楽の空き部屋に泊められ、翌朝は迎えのトラックで、大森海岸のK園へと送り込まれたのである。

米兵がやってきたのは、開店日が明日という日の夕方だった。覚悟しているとはいえ、戦時中鬼畜米英とさんざん教えられてきただけに、兵隊の相手をすることなどとうてい受け入れられない。女たちは本能的な恐怖心にかられ、割部屋にこもってちぢこまっていた。協会から派遣された取締兼世話役の年増女が強く諌めても、みな応じようとはしなかった。みさも極度な緊張感と不安感に襲われ、身動きができなかった。しばらくしてから、広間から三味線や小唄の賑やかな音が聞こえてきた。世話役の話によると、K園の主人が芸者衆を呼んで、米兵たちをもてなしているのだという。

なんとない安堵感を覚えたがそれも束の間のことで、やがて数人の米兵が割部屋に雪崩れ込んできた。あちこちで悲鳴があがり、泣き叫ぶ声も聞かれた。米兵たちの狂騒じみた声色が、あたりに響きわたった。女たちが強いられている肉体的な苦痛はいかばかりか、明日はわが身にふりかかる災難なのだと、切なさに胸が張り裂けそうだった。必死で両耳を手の平で塞ぎ、音を聞かないようにした。奥の割部屋にいたので強姦は免れたものの、その夜はよく眠れずに朝を迎えた。

彼女が逃れようのない深淵に追いやられ、死臭の漂う暗き谷底に突き落とされたのは、翌日のことだった。

「ヘーイ、ゲイシャ・ガール」

「ヘーイ、ナイス・ガール」

大声で叫びながら、ピストルを腰に差した軍服姿の米兵が、軍靴のままK園に突進してきた。その勢いはすざまじく割部屋はたちまち占拠され、兵隊たちは廊下からフロアー、玄関から外まで列をなした。

みさは恐怖心のあまり、とっさに部屋から出ていこうとしたが、大手を広げて立ちはだかる金髪の大男が目の前にいた。顔面蒼白になり唇がわなわなと震え、耳がジーンとして音が消えた。男が近づいて来たので必死で身を避けると、ぐいと太い腕で荒っぽく抱きしめられた。毛むくじゃらの腕を突っぱね、体をそらせてなんとか脱けだそうともがいた。すると男はいきなり畳の上にねじ伏せ、襦袢を引きちぎって股を押し開いた。

「助けて」と大声をあげて激しく抵抗した。すると男は興奮して、「シャルアップ」と連呼し、彼女の頬を平手で強く殴った。ぎらついた青い目に射すくめられ、両目を固く閉ざした。その瞬間、灼きつくような激痛が腹部に走った。その後の記憶はない。

気がついた時は年増の女が傍らにいて、裂傷を負った血まみれの下腹部の手当をしていた。その人は涙ぐんだままなにも言わず、汚れ物を手にして出ていった。労りをこめた仕草に、母親のような優しさを感じた。女中頭の治代だったことは、後日知った。肉体的痛みと精神的な屈辱感に苛まれ、食べものも水さえも喉にとおらず、空腹であることの自覚さえなく、床についたままぼんやりと時をすごした。その日と翌日は、快復するまではと保護室で留め置かれた。

評判を聞きつけてK園に押し寄せてくる米兵の数はふえるばかりで、女たちは休む暇も与えられないまま、何人もの相手を強いられた。吉原、千住、玉の井から集められた数名の娼妓たちは、一人が一日三、四十人も相手をさせられたという。R・A・Aでは高乗釈得保安課長と大竹豊後風紀係長が相談し、経費を除き玉代を折半でいくことにした。五割という玉割（玉代割分）は、当時花柳界では二割五分が娼妓の取り分とされていたので、破格の金額といえた。とはいえしたたな経験を積んだその道の玄人でも、数十人の客の相手をするのはあまりにも苛酷だった。

みさは不覚にも失神してしまった間に、幸楽で一晩隣り合わせに寝て、身の上話をした女の人が、米兵から暴力的な性交渉を迫られて裂傷を負い、入院加療中であることを知った。女中頭からそのいきさつを聞き、哀しく、そして憤りに胸が震えた。

あの夜、風呂に入って久しぶりに生き返った気分の二人は、気軽に打ち明け話をした。親を空襲で亡くしたという共通の経験が、急速に絆を強めた。

「わたし、東京の深川育ちなんだけど、三月十日の空襲でなにもかも失ってしまったの。お父さんも、お母さんも焼け死んでしまった。遺体を探しまわったけど、とうとう見つからなかったんです」

「それはお気の毒ね。東京空襲では十万人も人が死んだんだ、と父が言ってましたよ。大切な人が大勢亡くなったって、気おちしていたわ。その父も横浜空襲で死んでしまった。母は焼夷弾を浴びて大火傷したの。入院してるけど、なかなかよくならないわ」

空襲のことになると、その悲惨きわまりない経験は相通じるものがあった。、R・A・Aに応募したいきさつも同様で、お互い生きていくためにはそうするしか方法がなかったのである。

「わたし好きな人がいたの。遠い親戚のお兄さんなんだけど、大好きだった。休暇のたびによく家に遊びにきて、女学生のわたしにいろいろためになる話をしてくれたわ。三歳年上で、陸軍士官学校を卒業した見習士官だった。礼儀正しかったし、国を思う軍人らしい使命感があり、ものの考え方が立派だって、父や母が褒めちぎっていたのね。あの人とわたしを妻合わせたいと、親同士が話していたみたいなの」

楽しかった日々を懐かしんでか、その表情は明るかった。

「今思えば馬鹿みたいな話だけど、あの人が改まった顔つきで父や母に、（大日本帝国は一日も早く、アジアの独立と大東亜共栄圏を確立しなければなりません。そのために軍人として、僕は命がけで働く覚悟です）と話していたわ。でも意味がよく分からなかった。わたしがちんぷんかんぷんだと言ったものだから、彼ったら少しムキになって（大東亜共栄圏は、日本がアジアの欧米列強植民地をその支配から解放して、それぞれの国を独立させ、日本、満州、支那を中心とする国家連合をつくりあげること。それは大日本帝国に課せられた使命だし、ぜひともやり遂げなければならない）と熱心に説明するんです。わたしは小難しくて理解できたとはいえなかったけど、あの人のきらきらした目と、軍人としての心意気に強く惹かれたのを覚えています」

「いいお話だこと。人を好きになるって、とても素敵。羨ましいわ。その方は、いまどこにいらっしゃるの」

憂いをおびた美しい顔に、暗い影が走った。

「戦死したの。フィリピンで」

みさははっとして、

「ごめんなさいね。つらいこと聞いちゃって」とあわてて詫びた。

「そんなこと言わないでください。でもあの人の家には、まだ戦死の悲報がとどいていないんですよ。両親は帰ってくるかもしれないと待ってるけど、無理だと思うんです。だって彼が所属していた部隊は、フィリピンへ転進したけど、目的地に上陸する前に米軍機の猛攻撃を受けて船が撃沈し、全滅したっていわれてますから」

みさも不確かな情報だったが、フィリピン・レイテ海戦が苛烈な戦闘の果てに惨敗をきしたことを聞いていた。慰める言葉もなく、無言で手を握りしめるしかなかった。兄が特攻隊員として、沖縄海上で戦死したのだと告げることは到底できなかった。

「これ、あの人の写真なんだけど」

目の前に差し出された一葉の写真には、陸軍の若い兵士が写っていた。軍刀を持った軍服姿は凛々しく、真正面を見つめる眼差しには強い意志がこめられていた。胸に部隊章、衿に襟章、袖に袖章があり、士官らしい魅力を醸し出していた。

「貴重なお写真、見せてくださってありがとう。お帰りになることを、お祈りします」

みさは写真を目の前にかざし、頭を垂れて祈りの姿勢をとった。

「あの人はもう帰ってはこないけど、わたしの心のなかでは生きています。死んではいないんです」

女の人は受け取った写真を丁寧に手提げ袋にしまいながら、しっかりとした口調で言った。

みさはあの夜の語らいを、生涯忘れることはできないと思った。

六　進駐軍将兵のすさまじき獣欲

ノルマンディ上陸直後、その近くの海岸の町にフランス政府は数軒の米軍専用売春ハウスを設け、連日すごい行列ができた。しかし、米軍司令部はワシントンの反応を恐れて、三日で閉鎖させた。またエジプト政府も同様な施設を準備したという。

日本政府が連合軍が進駐する前に、いち早く慰安所造りに着手した心底には、そうした他国の示した心遣いとは別な思惑があった。戦場で性交渉を断たれた兵隊が、強姦などの事件を起こせば、それでなくとも日本軍参謀が一億玉砕を決行することなく、無条件降伏をしたことを誹謗し、官に不信感を懐いている生き残りの軍人や復員兵が、どのような行動にでるかという心配があった。

兵隊が婦女子を強姦したとあれば、一般市民も黙ってはいないだろう。そうしたことから、暴動といった大きな事件へと発展しかねない。そんなことにでもなれば、天皇の聖断たる占領を無事受け入れることができない。ひたすら無血占領を願う東久邇宮とその内閣の重臣たちは、防波堤構築へと舵をきったのである。

協会の占領軍用慰安所造りに、政府は一億円のクレジットを承認し、勧業銀行に用立てを依頼した。新内閣の津島寿一蔵相の命令で、大蔵省主税局長になった池田勇人（のちに総理大臣）は、「大和民族の純潔を守るのに、一億円は安い」と言ったという。なにしろ一九四五年度（昭和二十年）四ヶ月間の終戦処理費は、百二十三億円である。またGHQ（連合軍総司令部）から、占領軍将兵用宿舎二万戸建設を命じられていたが、費用は百億円だった。それに比べれば、防波堤の一億円は安いといえたのだろう。

防波堤事業に携わることになった関係者の思いは、一応に日本女性の純潔を守ることで国体護持に貢献するという信念であった。協会設立の宣誓式で読み上げられた声明文の一部にも、

「我等固より深く決する処あり、褒貶固より問ふ処に非ず。成敗自ら命あり。只同志結盟して信念の命ずる処に直往し（昭和のお吉）幾千人の人柱の上に、狂瀾を阻む防波堤を築き、民族の純潔を百年の彼方に護持培養すると共に、戦後社会秩序の根本に、見えざる地下の柱たらんとす」

とある。また東久邇宮首相は、

「国体護持ということは理屈や感情を超越して固い我々の信念である。祖先伝来我々の血液の中に流れる一種の信仰である」と言っているが、根底にあるのは民族の純潔を守り抜こうとする、強固な民族意識なのである。それはまた無条件降伏した敗戦国であっても、日本人として大和民

族の純潔を守らねばならぬという関係者の使命感とも合致する。彼らは防波堤を造ると同時に、一般女性たちの貞操をどうすれば守れるのか、という課題に取り組まねばならなかった。

敗戦による国民の動揺は激しく、人びとは連合軍が突然進駐してくるという現実に狼狽《ろうばい》し、恐れおののいた。特に最初に連合軍が上陸してくる東京、横浜地方ではパニック状態に陥り「男は皆去勢されて、肉体労働に使われる。女は犯される」といったデマが横行した。神奈川県の藤原孝夫知事は県庁の女子職員に、一時田舎に逃げるよう勧告したし、横浜市や横須賀市役所もこれに同調した。疎開を強制する回覧板を回す隣組もあり、不安を煽った。

「脱ぐな心の防空服・女子は隙なき服装」と新聞も警告記事を連日掲載した。若い女性は顔を竈の墨で塗ったり、髪も男子のように短く刈り上げたりした。八月半ばになると連合軍が上陸してくるというので、疎開する婦女子が多くなり、上野駅や新宿駅の混乱が激しさを増した。新内閣の方針は、民間にこうした不安と動揺をおこさせないことであり、治安維持が重要な任務であった。

内務省警保局は、全国都道府県知事、警察長宛に、

「人心不安を激増し、国民に動揺を来たらしむが如き流言に対しては、早期に徹底的防遏を講ずること」（内務省文書）といった通達をしている。また全国民に対しては、進駐軍を迎えるにあたって、毅然とした冷静な心構えで臨むよう説いている。

「特に、婦女子は日本婦人としての自覚を持って外国軍人に隙を見せるやうなことはいけない。婦女子は淫らな服装をせぬこと、また人前で胸をあらはしたりすることは禁物である。外国軍人が〈ハロー〉とか〈ヘイ〉とかあるひは片言まじりの日本語で呼びかけても婦女子は相手にならず避けること。（内務省警保局）上陸する連合軍将兵をどうむかえるかの心掛け　八月二十二日」

当局は細心の配慮をし、公的慰安所まで用意して日本女性の純潔を守り、平和的な無血占領を望んだ。しかしこの国策は成功したとはいえなかった。マッカーサー元帥が厚木飛行場に降り立った八月三十日のその日、すでに事件は起きている。兵隊による殺人、強姦、強盗、爆破、強奪、交通事故など、無防備都市の悲劇は数知れず、市民を恐怖のどん底に追い込んだのである。基地周辺を中心にレイプが各地で多発したのは、それが原因で米兵相手の娼婦にならざるを得なかった、多くの女性たちの証言からも確実である。

連合軍が上陸したごく初期に起こった様々な事件の中から、強姦のみをほんの少々取り上げて、当時の資料とする。ただしマッカーサー総司令部からプレスコードが発令され、報道禁止となったため確かな資料はほとんど残されていない。

被害を受けた市民から公への被害届出はなされたものの、効果が期待できなかったので、届け出る件数は次第に減少していった。その中から中央終戦連絡事務局（ＣＬＯ）を経由して、総司令部へ提出された正式な覚書（口上書の形式のもの）とその返書を左に記す。

資料4

昭和二十年八月三十一日

総司令部への日本政府口上書

日本政府は左記事実に関し連合国軍最高司令官の深甚なる注意を喚起す。

一、八月三十日午後六時ごろ、横須賀市鎮守村近くの硝子商A子方、女中B子（三十四歳）は一人で留守番中に突然、米兵二名が侵入。一名が見張り、他の一名が二階四畳半にて強姦した。

一、八月三十日午後一時三十分ごろ、横須賀市A町自動車運転手C方に米兵二名が裏口より侵入、留守番中の同人妻、D（三十六歳）及び長女E（十七歳）に対し、拳銃を突きつけて威嚇のうえ、Eを二階で、Dを勝手口の小室で、それぞれ強姦した。

資料5

昭和二十年九月十五日

第八軍司令部から日本政府あて覚書

一、八月三十一日付の口上書に示された、日本人K・M子とその娘に対する暴行の申し立ては、目下正式審理の対象となっている。
二、連合軍委員（複数）による日本人N・Y子に対する暴行の申し立てもまた同様に正式審理に付されている。
三、この種の申し立ては、当司令部にとって最も重大な関心事であり、犯罪者を確定し処罰するためのあらゆる努力が払われているし、今後も払われるであろう。これらの件に関し、貴政府に今後も報告する。

アイケルバーガー中将

資料8
昭和二十年十月一日
日本政府あて第八軍司令部覚書
一、昭和二十年八月三十一日付の口上書に示された上記事項についての正式審理が行われた。同口上書は連合軍の要員（複数）が、日本人K・S子とK・M子に対して暴行を働いた、としている。
二、この件に関して緊急に調査・報告を行うため任命された将校から成る委員会が完全な審理をしたが、犯罪者の身許は明らかにできなかったと、当司令部は報告せざるをえない。K・S子もK・M子も、また委員会で証言したいかなる証人も、加害者の身許を明らかにできなかった。

三、参考のため、委員会に召喚され証言した証人のリストを次に掲げる。

K・S子（民間人）
K・M子（民間人）
G・R（民間人）
K・T（民間人）
K・K（民間人）
I・I（民間人）
N・T（民間人）
S・S（憲　兵）
ウィルソンE・ハント（要員）
デビッド・A・マリンスキー（少尉）

四、当司令部が本犯罪の加害者の身許を確定しうる情報を日本政府が入手した場合には、速やかにそれを送付せよ。

五、この種事件の再発を防ぐ、あらゆる可能な措置が目下とられている。

アイケルバーガー中将

（76・6・15発行サンデー毎日臨時増刊号より）

次ぎに終戦連絡中央事務局から米側へ、提出された犯罪報告書の数例を、ドウス昌代著『敗者の贈り物』より抜粋する。

九月一日になると、横須賀・横浜方面で十一件の強姦届け出があった。なかでも、九月一日午後六時、横浜で起こった事件は悪質である。

「トラックに乗った米兵二名が、二人の日本人に案内を強要して、横浜市中区永楽町のショーギ楼に来て、女中のY子二十四歳を連れ去る。Y子は野毛山自然公園内の米兵宿舎にて、米兵二十七人に輪姦された。仮死状態のY子を九月二日、米兵数人が送り届けた」

やはり、九月一日、千葉県館山に進駐した海兵隊員も、強姦事件を起こしている。

「同日午後十二時半、千葉市安房群N村の漁師S宅へ侵入した米兵三人は、留守居中の息子（出征中死亡）の妻M子二十八歳を輪姦」

「同日午後二時頃、同村漁師A宅に米兵四人が侵入し、妻T子三十八歳と母、妹を脅迫し、

T子を奥の間にて米兵一人が強姦」

九月九日には、脊髄カリエスで寝たっきりの、四十七歳の女性が、土足で上がってきた二人の米兵に強姦された。

九月二十五日午前二時、平塚では、三人の米兵が、両親の目前で、十四歳の長女を犯す事件もあった。

それらは、九月中の強姦事件から抜粋した数例に過ぎない。占領軍の進駐とともに、日本の各地で、強姦・輪姦事件はそれなりに起こっている。ほとんどがグループで、しかもピストルを突きつけてのことだ。また酔っぱらっての末の事件だ。強姦未遂事件も多い。

（中略）

ちなみに、翌二十一年の東京・神奈川方面の占領軍兵による強姦事件の資料はある。

三月――十五件（未遂十件）四月――十五件（二十）、五月――三十五件（三十）、六月――三十件（三十）七月――二十件（二十）、八月――三十件（三十）、九月――二十件（二十五）（警視庁調べ）

占領軍が落ちついたはずのこの時期でも、この数字である。占領当初はさらに多かったと見た方が妥当といえよう。

（『敗者の贈り物』ドウス昌代著より）

二十年十一月に東京であった米兵による強姦その他慰安所事件を数例記す。

▼十一月一日午後七時ごろ米兵一人はピストルを持って赤坂檜町の某氏宅を襲い、婦人三人に姦淫行為を要求、また付近の五家庭でも同様に婦女子にワイセツないたずらをしたうえ、ウイスキーをがぶ飲みして逃げた。

▼同夜十一時半ごろ、米兵三人は四谷署管内の休止中の某交番に住んでいた某巡査方に押し入った。表戸のガラスを石で割り、ピストルで三人のこどもと就寝中の妻（三四）をおどかして、かわるがわる乱暴を働き、衣類数点を奪った。

▼十一月四日六時半ごろ川崎市に住むいずれも二十才の女性二人は、同市内で黒人兵運転の自動車に乗せられ、東京都墨田区厩橋まで連れてこられたうえ、車中で乱暴された。

▼十一月八日午後七時ごろ大田区羽田本町の事務員K子さん（十七）は帰宅の途中歩哨らしい米兵に小銃でおどされ乱暴された。

▼十一月十一日九時半ごろ、品川区大井鈴ヶ森の慰安所「見晴」に六十人の米兵がやってきたが、休業中だったので怒り、暴れ回ったうえ、勝手口に放火、床板約三平方メートルを焼いた。

▼十一月十三日午前十時半ごろ、銀座二丁目M子さん（十七）は自宅——地下式防空壕で一人留守番中、米兵になぐられて乱暴された。
▼同夜六時ごろ、日比谷公園で一人の米兵に「英会話を教えてやる」と近くのビルに誘い込まれた新宿区柏木の事務員S子さん（二一）は、翌十四日午前三時ごろまで監禁され、十三人の米兵に乱暴された。
▼十一月十四日正午ごろ、丸ビル前を妹と歩いていた品川区小山の人妻（三一）は、米兵三人の乗ったジープに無理やり乗せられ、乱暴された。
▼十一月十七日朝九時ごろ、亀有の慰安所「香島楼」の接待婦（二六）は米兵に中川堤に連出され乱暴された。
▼十一月二十三日夜十時ごろ、大田区矢口町の飲食店の妻（五〇）は飲食中の米兵二人が三人の娘を乱暴しようとしたので、身代りを申し入れたところ、前後十回も乱暴されて気絶した。
▼十一月二十五日夜六時ごろ、大田区羽田の飲食店で、米兵一人が酔って三人の女給をピストルでおどし、ワイセツ行為を迫ったが、さわがれて未遂に終わった。（註・報告書の地番は、三十六年九月現在のものに書替えてある）
（『国家売春命令物語』小林大治郎・村瀬明著より）

以上は進駐軍が上陸してまもなくの九月、十月、十一月の神奈川、東京方面に起った米兵の強姦事件の一部資料である。しかしこれらはあくまでも、日本政府の終戦連絡中央事務局から、総司令部に伝えられたものであり、届け出をしない泣き寝入りの被害者は数知れずいた。犯された被害女性は生活が破綻し、肉体の痛みばかりではなく、精神的に追いつめられて悲惨な日々を過ごすケースがほとんどだった。つぎのような証言がある。

「日本人の娘は、實に強姦し易い。そう騒ぎもしなければ、抵抗もしない」こう、兵隊が、顔中をにたつかせながら、私に話したものだ。けれども、抵抗すれば、殺されてしまう、そんな相手である上に、人を呼んだところで、誰も指一本させるものではない。彼女を救おうとなまじ手出しをすれば、重労働十年十五年の刑が明日にもふりかかってくる。結局一時の災厄と命をかえる気でなければ、泣き寝入りするほかはないのが實状なのだ。

（『日本の貞操』水野浩編より）

復員後アメリカの港湾局第二司令部の文書課に勤務していた里見護の生活記録の一部を次ぎに

記す。

新子安の浅野山下や神奈川通りには進駐軍の兵舎（当時その形から蒲鉾兵舎と呼ばれていた）が増え、米兵達が我が物顔に町を闊歩していた。その頃から悪い噂が乱れとびはじめた。どこそこの娘さんが白昼黒人兵数人に空地で暴行されたというような話が人々の口にのぼりはじめた。助けようにも銃を持っているので手の出しようがなかったという。空襲の心配は無くなったが、米兵の性犯罪がこれにとって代り町の住民を恐怖に落し入れた。女子中学生がジープで連れ去られ数時間後に素裸にされて鶴見川に投げ込まれたり、子安辺では妹が犯されているのを目撃した兄が、柔道四段の腕前で米兵三人を足洗川へ投げ飛ばしたというような事件が頻発した。そして後で聞いた話では、この兄は強制労働者として沖縄へ送られたきり消息不明、妹は半ば気が狂ったようになり、ついには自殺したということである。当時日本の警察は全く無力で、総ての事件は悉く米軍MPが処理するので日本人に有利に事が運ぶということは絶対になかった。

（『横浜の空襲と戦災』横浜の空襲を記録する会編集・発行より）

マッカーサー元帥はこうした事態を放置していたわけではなく、二十年九月六日には全軍に警告を出し、犯罪を撲滅すべく力を注いだ。第八軍の兵士に対し自由外出には拳銃の携帯の禁止を命じた。門限も十一時とした。また日本にも協力を求め、警視庁内に憲兵連絡室を設けた。多少の効果がなかったとはいえないが、米兵による犯罪行為は各所で頻繁に起こった。なにしろMP（Military Police）とかSP（Shore Patrol）といわれている米軍の憲兵は、レイプの事件現場に通りかかっても見て見ぬふりだったという。日本の警察も無力に等しく、警察官の妻が交番で就寝中に強姦される事件さえおきていた。

現実に起こった米兵による犯罪事件の大半が、ほとんど公表されることなくなぜ葬りさられたのか。それは米軍総司令部が、かん口令をひいたからなのである。平和的な日本国占領を成就したいという、マッカーサー元帥司令部の意思は固く、米兵のそうした非行などの報道を一切禁止したのである。米側の意向に従って、日本政府は断固たる処置をとることができなかった。

九月はじめまでは新聞記事として、それら兵隊の犯罪事件も報じられていた。しかしまもなくプレスコードがマッカーサー司令部から発令され、報道はいっさい禁止となった。

占領期間中はマッカーサー元帥の命令、およびGHQの命令は権威があり、日本人にとっては服従しか選択肢はなかった。

九月十八日、朝日新聞が四十八時間業務停止を受けたのは、米兵の強姦事件の報道だった。NHK海外局は、やはり米兵による強姦事件を放送し、総司令部から放送禁止の命令を受け、即時に中止している。同盟通信も同様な命令を受けている。

それでも「六尺豊かな大男が突然女性を押し倒し」とか「巨漢にピストルを突き付けられ」といった新聞報道を、読者は進駐軍の犯罪だと受け取ったのである。

慰安所に殺到する兵士の数は日増しに増えるばかりで巷では強姦による一般女性の犠牲者が相次いだ。こうした事態を憂慮した当局は、R・A・Aに対し慰安施設を早急に増設せよとの督促をした。協会の理事たちは、空襲で焼け残っている料亭や割烹旅館などの買い付けに奔走することになる。なにしろ当局承認の事業なので、商談は滞りなく進められた。

大森海岸では八百坪もの敷地を有する料亭「見晴」や十数棟の離れのある割烹旅館「波満川」が買収され、慰安所として改造ののち十月中にオープンしている。その後二ヶ月あまりのうちに「花月」「蜂乃喜」「乙女」「清楽」「日の家」「やなぎ」などが開店している。

二十年十一月末、警視庁保安課が調査したR・A・Aの事業内容の資料を左に記す。しかしこれは東京近郊の施設であり、急激な需要により地方都市（京都、大阪、神戸など）にも、増設されていった。

▼京浜地区……楽々園（直営慰安所、慰安婦四十人）見晴（同、四十四人）波満川（同、

五十四人）　仙楽（同、同）　花月（同、同）　やなぎ（同、二十九人）　松浅（委託慰安所）
沢田屋（同）　福久良（同）　悟空林（兼キャバレー、慰安婦四十五人、ダンサー六人）　乙女（同、慰安婦二十二人）ほかに慰安所から転業した小町園（料理屋）
▼品川地区……京浜デパート（直営キャバレー）
▼銀座・丸ノ内地区…千疋屋（直営キャバレー、ダンサー百五十人）　オアシス・オブ・ギンザ（同、四百人）　伊東屋（ダンスホール）　禄々館（キャバレー、ダンサー百人）　工業クラブ（キャバレー兼高級レストラン）　銀座パレス（キャバレー）　ボルドー（バー）　銀座耕一路（コーヒー・パーラー）　日勝館（ビリヤード）
▼小石川地区……白山キャバレー（白山見番二階を改装）
▼芝浦地区……東港園（協会委託キャバレー）
▼向島地区……大倉別邸（直営高級宴会場）
▼板橋地区……成増慰安所
▼赤羽地区……子僧閣（キャバレー、ダンサー百人）
▼三多摩地区……福生（慰安所、慰安婦四十三人）　楽々ハウス（キャバレー兼用、六十五人、ダンサー二十五人）　立川小町（慰安所、慰安婦十人）　立川パラダイス（個人経営、キャバレー兼用、慰安婦十人、ダンサー五十人）　調布園（直営慰安所、慰安婦五十四人）

ニュー・キャッスル（委託慰安所兼キャバレー、慰安婦十四人、ダンサー七十人）
またこのほかに二十五ヵ所の慰安所、接待所もそれぞれ店開きした。（カッコ内の数字は慰安婦数）
▼浅草地区……吉原遊郭（四十二）
▼向島地区……向島接客所（三百二十三、旧向島三業地で十九年三月の非常措置後転業）州崎慰安所（旧州崎三業組合の一部）寺島慰安所（七十二、玉の井銘酒店地域
▼葛飾地区……立石慰安所（九十八、亀戸銘酒店業者が戦災後移転）亀有慰安所（玉の井が移転）
▼江戸川地区……新小岩慰安所（八十二、亀戸業者と平井接待所の一部が移転）
▼四谷地区……新宿遊郭（三十二）
▼淀橋・中野地区……十二社慰安所（二十二、旧十二社三業）新井接待所（百七十三、旧新井三業）
▼板橋地区……板橋接待所（旧板橋貸座敷業者と大塚接待所業者）
▼小石川地区……白山接待所（八十二、旧白山三業）池袋接待所（五十、旧池袋三業）
▼荒川地区……尾久接待所（七、旧尾久三業）千住遊郭（百十七）
▼渋谷・品川地区……品川遊郭（二十二）品川接待所（九十一、旧品川三業）五反田接待

所（十、旧五反田三業）　渋谷接待所（四十、旧渋谷三業）

▼日本橋地区……葭町接待所（四十九、旧葭町三業の一部）

▼蒲田地区……武蔵新田接待所（二十七、洲崎貸座敷解消に際して業者の一部が移転、私娼街として開業中のもの）

▼三多摩地区……八王子遊郭（八十九）　立川慰安所（五十四、武蔵新田と同じ）　立川接待所（四十四、旧立川三業）　調布接待所（六、旧調布二業と貸座敷業の合体）

この二十五ヵ所の慰安所・接待所は、R・A・A解散後、旧三業地が三業地に戻った以外は、ほとんどそのまま、赤線地帯として残り、売春防止法によってネオンが消されるまで、繁盛した地域であった。

（『国家売春命令物語』小林大治郎・村瀬明著より）

七　戦火に散った父母の無念

進駐軍将兵らによるセックスの需要が急増し、対応が追いつかない状況がつづき、大森海岸K園にはつめかけてくる米兵で溢れかえった。

そんな九月半ばのある日の午後、みさは横浜のY病院から入院中の母親の危篤を知らせる電報を受け取った。「至急来られたし」との文面には、病院側の強い要請が読み取れた。すぐに駆けつけねばならないと焦りながらも、園の了承を得なければならない。とりあえず、事務所に行って職員に事情を話すことにした。事務所内にはK園の亭主と、富士山模様のバッジをつけた背広姿の中年男がいて、テーブルに書類を広げなにやら難しげな話をしていた。

電報を手渡して事情を話すと、二人はお互いに顔を見合わせやむなしといった表情をしたが、すぐに外泊の許可を出すわけではなく、暫く黙っていた。やがて亭主が、

「所長、この件は緊急事態ですし、此処は公の施設となっているのですから、外泊禁止というわけにもいかないですね」と口火をきった。

協会のバッチをつけた男は、亭主の意見に同調して深く頷いた。そしてみさに向かって、

「あなたに伺いますが、用事が済み次第ここに戻ってくると確約できますか」と問うた。

「いつ帰れるか予想がつきませんけれど、必ず戻ってまいります。規約を破るようなことは絶対にいたしません」

彼女は必死でそう答えた。

「ご家族の入院先の病院は、どちらでしたか」

「横浜市尾上町です。桜木町駅から少し行ったところです」

「あのあたりは進駐軍に接収されて、アメリカの町みたいだという人がいたね」

所長と呼ばれた男が言うと、亭主も相づちをうつ。

「そうなんですよ。伊勢佐木町あたりの焼け残った建物は、ほとんど米軍が使っています。野沢屋は（第八軍ＰＸ）になったし、不二家は兵士用（ヨコハマクラブ）に、松屋デパートは（アメリカ軍病院）として整備されたようです。町のあちこちに有刺鉄線が張られ、日本人は入れないそうです」

みさは二人の会話を聞き、進駐軍に接収された街の状況がどうなのか気がかりでならなかった。なにしろ進駐軍が横浜に上陸する前に、銀座のＲ・Ａ・Ａに出向いているので、Ｙ病院のある尾上町あたりがどうなっているのか分からないだけに不安が募った。話に出た松屋デパートは、Ｙ

病院と同じ尾上町にあるだけに、心配でならない。

所長は簡単な誓約書に署名を求めたが、外出許可書を手渡しながら、

「帰還が長引くようだったら、連絡してほしい」と言い添えた。

「かならず、そういたします」

彼女は深々と頭を下げ、外出許可を出してくれたことへの謝辞を示した。そして女中頭の治代にことのいきさつを伝え、手荷物を預かってもらうことにした。

「でも、よく外泊許可を出してくれたわね」と女中頭はほっとした表情で言った。

「富士山模様のバッチをつけた方が、許可をくださったんです。あの方は誰ですか」

「K園の営業所長さんですよ。協会の役員の方だそうです。それからなるたけそっと外出してくださいね。他の人に知れると、なんだかんだと面倒だから」

治代はそう注意した。みさは了解して早速着替えの下着などを風呂敷に包み、招集日に着ていた白地の長袖ブラウスに紺色のタイトスカート、というシンプルな格好に着替えた。一刻も早くと焦りながら、親しくしている慰安婦仲間にも内緒で裏口から外へ出た。

桜木町駅の周辺は、終戦直後のゴーストタウンのような光景が様変わりして、山積していた瓦礫もかたづけられ、復興に向けた活気が感じられた。駅前の市電通りには、米軍のジープやト

ラックがつぎつぎに通過し、ＭＰと記されたヘルメットを被った米兵が二人、交差点に立って交通整理をしていた。

一歩裏通りに入ると、焼けてぶっつぶれたドラム缶、自転車やリヤカーの残骸、山と積まれた鉄くずなどの瓦礫が放置されたままだった。そうした廃墟の光景は、空襲の悲惨さを色濃く残していたけれど、そんな街中をカーキ色の軍服姿の兵隊や、セーラ服の水兵が楽しげに闊歩《かっぽ》していた。それはＫ園で振る舞った横暴で暴力的な彼らとはまるで違い、穏やかで優しげな雰囲気を醸《かも》しだしている。心にこびりついている米兵に対する憎しみや恐怖心が、まるで嘘のようにさえ思えるのだった。

桜木町駅から尾上町方面に向かって進んでいくと、あちこちで兵隊たちが焼夷弾で破壊された箇所の修復工事をしており、それを興味深げに見ている市民の姿があった。なにしろ戦車のごときキャタピラを備え、タイヤも日本の自動車の三倍もあるほどのトラクターが、寸時に大きな穴を土で埋めているその機動力に、見物人は驚嘆しているのだった。

トラクターは前部にある鉄製の大きなスコップで、一気に埋め立て作業をこなす。しかも一人の兵隊が大きなトラクターを駆使し、出来映えも綺麗である。この工程を日本の作業員が行うなら、シャベルを使った手作業で埋め立てるから、三十分はかかるだろう。しかも一人というわけにはいかない。作業時間の三分と三十分、作業人数の一人と数人、これでは比較のしようもない。

この差で戦争したのでは勝ち目があるはずもない。見物している市民からも、そんなため息が聞かれた。

尾上町は連合軍横浜進駐区域なので、尾上町停留所に検問所が設けられていた。県警察部では大岡川以東、港側に面した管内一帯の進駐地域境界線に十三ヶ所の検問所、同地域内四ヶ所の市電停留所に検問所を設けた。通行人に不審尋問と身体検査をし、武器や凶器の類いの所持を調べているのだ。米日共同の検問なので、県警察官と進駐軍警備兵が勤務していた。

みさもしかたなく、尾上停留所の検問所に立ち寄ることにした。ヘルメットをかぶり腰に拳銃を差した進駐軍兵士と、警察官が通行人の検問にあたっていた。若い男が両腕をあげさせられ、警官と兵士に身体検査をされているところだった。女性も調べられていたが、男性ほど厳格ではなく、不審尋問が主だった。それにしても町中に不審者を調べる検問所がもうけられていること が、驚きであった。不祥事件の発生を防ぐという目的だというが、敗戦国のみじめな現実を目の当たりにしたという思いが強かった。

Y病院は以前と変わりなく、午後の診療の時間内であった。院長はみさの到着に安堵した表情で、

「残念ながら細菌性の肺炎を患われ、衰弱が激しいので連絡しました。火傷はほとんど治り問題はないのですが、なにしろ栄養状態が悪いので、肺炎にかかると重症になりやすいのです。発熱

があり、胸の痛みと咳がおさまらないし、呼吸数、脈拍ともに増加しています。内科の医者に診てもらっていますが、難しい症状です」と丁寧に説明してくれた。

空襲で母親が火傷を負って助けを求めた時から、ろくに食べ物が手に入らぬ日々を、厭わずに今日まで面倒を診てくれた医師はまさに救世主だった。この医師の支えがなければ、母親を見殺しにするしかなかったと思うと、ただただ有り難く手を合わせて拝みたい心境だった。けれどこみあげてくる熱い思いを、言葉で告げることがどうしてもできず、ただ「有難うございます」とだけ言って涙ぐんだ。

「もしものことを考えて、親しい方をお呼びしたほうがいいかもしれませんね」

医師は思いやりをこめて忠告した。それは患者の死を予測したものだった。

「父は空襲で亡くなりましたし、兄は戦死しました。親戚も遠いので、呼びよせることは無理だと思います」

そう言うしかなかった。兄の戦死の知らせを受けた両親は、親戚を呼んで簡素ながらも葬式をとりおこなっている。しかし父親は空襲の最中に亡くなり、母親が入院していたので葬儀はいまだできておらず、菩提寺に遺骨を納めて弔いを依頼している有様なのである。交通事情の悪い昨今に、両親の出身地高崎から親族を呼び寄せることはきわめて難しかった。

診療室を出て二階の病室に向かいながら、みさは空襲で全身火傷を負った母親を、この病院に運びこんだ日のことを思い起こさずにはいられなかった。あの日病院は、空襲で負傷した患者や家族でごった返していた。廊下には火傷、身体の裂傷や切り傷、眼部の異常、一酸化中毒患者などが、苦痛を訴えながら治療を待っていた。それは火事場と戦場のごとき惨状であり、患者の呻き声がいつまで止むことがなかった。ひたすらつのる不安と焦りに苛まれながら、時を過ごした記憶が脳裏にこびりついている。

薬もなく包帯も不足する医療現場ではあったが、母親は手当を受けることができ、院長の好意によって今日まで命長らえてきたというのに、余命いくばくもないという瀬戸際にたたされている。戦争によって父と兄を亡くし、母までもが自分の元を去っていくかもしれぬという現実が悔しかった。

母親はこん睡状態にあるのか、目を閉じたまま微動だにしない。こけた頬は青白く、その顔からは生気がまるで伝わってこないので、一瞬死んでしまったのではないかと疑いベッドサイドに駆け寄った。よく見ると微かに息をしているのが確認できたし、閉ざした目じりにはうっすらと涙がたまっていた。

「お母さん。みさです」

やせ細った手をとって握りしめ、涙ながらに言葉をかけた。するとわずかに唇が動き、「お帰り」という言葉が聞こえた。彼女は嬉しさのあまり、思わず母親の身体を布団の上から抱きしめた。

「ただいま。やっと外泊許可が出たので、飛んできました。もうどこにも行かないから。ずっとお母さんのそばにいるからね」

そう耳元に口を当て、声を強めた。母親は微かに頷き、

「さっき和雄が見舞いにきてくれたんだよ」とはっきりと言った。

兄が戦死してからというもの、母親はよく、

「夕べも和雄の夢を見たんだ。機嫌よさげだったけど、ちゃんと成仏しているのかね」と心配していたのだ。

「和雄が最後に寄こした手紙に、戦死しても家族に寄り添っているからって書いてあっただろう。よく夢を見るのは、家族を守ってくれているからなんだよ」

父が自分に言い聞かすようにそう言って、母をいさめていたことが思い出された。昏睡状態ではないといっても呼吸数、脈拍数も増加するばかりで、意識障害が著しく、今夜あたりが危ないと医師に忠告されていたので、みさはいてもたってもいられない気分だった。

胸を温湿布で温めると痛みが和らぐと看護婦から教えられたので、さっそくヤカンを借りて湯を沸かし、熱い手拭いを胸に当てた。母親は気持良さそうにしていたが、吐く息はか細く目は閉じられたままで、乾いた唇からはふたたび言葉がもれることはなかった。

医師の回診がたびたびあったもののさしたる病状の変化もなく、時間だけが無為にすぎていった。

「お母さん。今夜一緒に寝てもいいかな。わたし子供の頃みたいに、お母さんと添い寝したいのよ」

もとより返事はなく、病室のガラス窓を叩く風の音がたえまなく聞こえていた。みさは下着だけになると、母親の横に身体を横たえた。病床の臭いや熱気が重病患者の苦痛を伝え、死の予兆となって全身を包み込んだ。生と死の狭間にある厳しい病状に怯えながら、母親の痩せて骨ばった全身を撫でさすった。そうでもしていないと気が落ちつかず、迫ってくる死への恐怖から逃れようもなかったのだ。もはや避けられぬ成り行きを覚悟しなければと思う。けれどそれは容易に認めることのできないことなのだ。

目を閉じればK園での屈辱にみちた記憶が脳裏に甦り、胸の奥に底なしの闇が拡がる。最初の米兵と向き合ったときのパニックは凄まじく、あの瞬間全身を襲った恐怖感が、いまだに鋭い刃となって身心を抉る。そしてくる日もくる日も客を送り迎えし、身体じゅうがしびれ、下半身の痛みは癒えることがない。全身がじょじょに蝕まれていくのが分かっても、この道を行くしかなかったのである。

自ら選んだことだとはいえ、それはあまりにも苛酷で耐えがたい体験だった。戦時中鬼畜米英と教えられた外国の荒くれ男に、弄《もてあそ》ばれてしまったことへの屈辱感はいかんともし難い。どう足掻いてももはや元の身体を取り戻すことは出来ないのだが、親の命を救ったのだという自負が自身を支えてきたのである。

その支柱がいままさに崩れようとしている。耐えがたい失意と絶望感が、彼女を襲った。

「お母さん死んじゃ嫌ですからね。わたしひとりでは生きていけそうもない。だってわたしそんなに強くないもの。旅だつのなら、わたしも一緒につれてってくださいよ」

母親に語りかけるその言葉は、自身への問いかけでもあった。もはや行き場のない閉ざされた未来に、なんの光明もなかったのだ。死はむしろ救いであり、汚された肉体は死によって浄化されるものとの思いが強かったのだ。もやもやとした気分を払拭しきれないまま、ただぐずぐずと時が過ぎていった。

零時をまわった頃、みさは突如強い眠気に襲われ、眠りの底に落ちていった。眠らずに危篤の母親を看取らねばと思いながらも、睡魔には逆らえなかった。どれほどの時間眠っていたのか、風音に混じって微かに人声がするのを耳にした。しばらくすると目の前に、国民服を着た中年男の姿が現れた。

「どなた様ですか」

そう尋ねたが、返事はなかった。男は直立不動の姿勢で、前方を見据えながら力のこもった声で演説をし始めた。

「畏くも聖断を拝し、連合軍の進駐を見るに至りました。我々は四千万女子の純潔を守り、以て国体護持の大精神に則って挺身するものであって、あわせて国民外交の実をあげようという使命をおびているのであります。その目的を果たすために、新女性が率先して協力してくれています。それはまさに滅私奉公の精神であり、称賛すべきことといわねばなりません」

どこかで聞いたことがある話だと記憶をまさぐっていくと、R・A・Aに参集した日のことが思い出された。理事長と名乗る人が、この国民服男と同じような演説を長々として、遊郭からきた女たちを辟易とさせたのだ。みさは協会の意図することの実態を知らなかったが、いまとなっては腹立たしさが募るばかりだ。お上は国体護持のための防波堤だなどと美辞麗句を並べたて、極貧の娘たちを慰安婦施設に送りこんだのである。それは紛れもない詐術《さじゅつ》ではないかという気がして、どうしても不快感にとらわれてしまう。

日本は大国を相手に闘うほど強い国ではなく、武力をもって立つべきではなかったのだ。この国は富士山と桜が美しく、文化国家をめざしていると海外から言われていた。だからこそ平和を第一とした、美しい国であらねばならなかったのだ。

硫黄島の玉砕。サイパン、沖縄戦の惨敗。本土への空襲、その後の広島、長崎への原爆投下、そして無条件降伏を受け容れて敗戦を迎えた。連合軍が上陸し我が国を統治しはじめてから、軍国主義も敗れはて、信じていた陸海軍の対立などがあきらかになった。その上復員兵士の犯罪が多発し、かつては神と仰がれた特攻隊の生存者が特攻崩れと罵倒され、生活難から強盗を働く。帰国しても待つ人も居らず、冷たい世情に翻弄される哀しみはいかばかりであろうと思う。

食糧難は深刻で、東京上野では日々五、六人、横浜市でも三名ぐらいは餓死していると聞いている。この先、一千万人の餓死者がでると予想され、暗澹《あんたん》たる死の行進が始まっているらしい。信じたくはないが、打ち消すこともできないではないかと、みさの憤懣はさらに増すばかりだった。

ふと気づくと演説をしていた男が、いつのまにか警防分団長の制服姿の父親に変わっていた。話す口調もいつもの穏やかなものだった。

「みさ、お母さんのために尽くしてくれて有難う。さぞ辛かったろうと、お前の気持を思うといたたまれないのだが、勘弁してほしい。戦争さえなかったら、今頃みさは洋裁学校に通って、好きな裁縫を学んでいただろうし、和雄は大学で学問に打ち込んでいただろう。みな夢物語となって消えてしまったが、これも運命だと思ってあきらめるしかないのだ」

その語り口は父親のものだが、みさの思いも同じだった。

「お前は国体護持に貢献したのだから、卑屈にならずに胸を張って生きてほしい。和雄の戦死も同じことで、お国のために命を捧げたのだ。わしらはどこまでも日本人だ。天皇を奉じて、国の安泰のために尽くさねばならない」

父はそう言うと、視界から消えた。不可思議な心地がしたが、自分は夢を見たのだと思った。ひょっとしたら、父は黄泉の国から母を迎えにきたのかもしれない、という気がした。母は微かに息をしてはいたが、いつ臨終となるかわからぬという危篤状態にかわりなかった。

翌日の昼前に母は亡くなり、空襲で負った火傷の苦痛の日々を終えた。

「ご遺体を運ぶ手立てはこちらでいたしましょう」

院長はそういってくれたが、自宅そのものが焼失しているので、運びこむ家も通夜をする場所もなかった。

「ご迷惑ばかりおかけしますが、母をこちらから焼き場へ運ぶしかないんです。どうしたらいいんでしょうか」とみさは問うた。

「そうでしたね。それでしたら葬儀屋に依頼しましょう」

簡単明瞭な返答だったが、ことはすんなりとはいかなかった。さっそく葬儀屋はやってきたが、告げられた話にみさは唖然とせざるを得なかった。

「私どもも困っているのですが、今西区久保山火葬場は満杯状態なんです。なにしろ空襲で重傷を負った人達が死亡したり、このところ市内では餓死者も出ていますので、遺族は並んで待たねばならないんです。しかも火葬場では、一人に薪三十束はいるので、四百円ほどの費用の支払いを請求しています」

「支払いのできない遺族は、どうするんですか」

「棺桶も買えない貧民は遺体をコモに包んで、区役所の前に放置するので、困った役所は土葬にするそうです。戦時下では空襲で死なれた方を、あちこちに土葬しましたからね」

なんという酷い話だろう、これが救いのない敗戦国の現実なのだと哀しみは募る。けれど遺族としては、なんとしても遺体を火葬してもらわねばならない。みさは二千円ほど費用はかかるといわれたが、協会から前借をしてきたので金銭的余裕はあった。

「棺桶は一般的なものでしたら、ごはちの箱で二百七十円。カザリは一段ものが二百五十円てとこです」

棺桶の値段を言われてもみさは困惑するばかりだったが、骨壺も取りそろえてもらうなどすべての処置を葬儀屋に頼んだ。

「前もってお伝えしておきますが、西区久保山火葬場の休憩所は、市営の収容施設として貧窮者を二十人ほど受け入れていますから使用できません。待って頂くのは外になりますので、そのつもりでいてください」

葬儀屋はそんな忠告をしたが棺桶とリヤカー。それを運ぶ人の手配は素早くしてくれた。

みさは荼毘《だび》をした後、母の骨壺を菩提寺に運び、住職に預かってもらうことにした。父と懇意だった住職は快く承諾してくれた。

「空襲によって命を失われたご夫妻の御霊に、心をこめて読経いたします。それが住職の勤めです」と言われ、地獄で仏に会った心地がした。神も仏もあるものかとこの世を恨んでいたが、Y病院の院長といい菩提寺の住職といい、人を思いやる優しさと、人間としての尊厳を感じることのできる人に出会えたことが嬉しかった。絶望の淵で立ちつくしていたとき、手を差し延べて助けられたことで、挫けかけた心が救われたことを自覚したのだった。

日暮れが迫り、街に外灯がともって人通りが賑わいはじめた。みさは久保山の菩提寺から、黄金町の自宅跡地に向かって足を進めた。久保山から遠方に目を向けると、見渡すかぎりの焼け野原で、かろうじて破壊を免れたビルが突っ立っているだけだった。空襲をうける前の黄金町の商店街は、物資不足のため細々とした商いしかできなかったものの、建物は確かに存在していた。それらがすべて焼きつくされ、瓦礫だらけののっぺらぼうな街になってしまっていた。

みさはいっとき寝ぐらにした防空壕が、どうなっているのか気になっていた。それに母親がどれほど自宅に戻りたがっていたかを知っているだけに、その魂を弔うためにも防空壕で一夜過ごしたいと思った。協会に報告かたがた相談すると、難しいことを言わずに彼女の申し出を了解してくれた。

防空壕には布団や自炊のための道具はあるが、父が保管しておいた洋服の生地などはすべて売り払ったし、母が蓄えたわずかな食糧も食べ尽くしてしまい、金目のものはなにも残っていなかった。そんながらんどうの防空壕なので、盗人に荒らされてもかまわないようなものだが、なによりも大切な和雄兄の手紙がブリキ缶に入たまま置かれていたのである。施設では紛失してしまうと困るので、錠前のある防空壕に保管したが、壕内の湿気によってもろくなりはしないかという心配もあった。

一刻も早く我が家の跡地にたどりつきたかったが、坂道も本通りも瓦礫が邪魔をして歩きにくかった。その上空腹のあまり、足がふらついた。ここ数日緊張の連続で、ろくに食事をとっていなかったことに気づいたが、たやすく食べ物を手にすることなどできない。たとえ食堂をみつけることができたとしても、配給の食券を所持していなければ食事を供されることはないのだ。彼女の配給の食券は施設で用いられていたが、外出の際渡されていなかったのである。米か小麦粉百グラム（七勺）を持参すれば、食べ物を出してくれる闇食堂があると葬儀屋から教えられてはいたが、早急に闇米など求めようもなかった。

ようやく東京急行電鉄（現京浜急行）黄金町駅前まで辿り着いたみさは、改札とホームにつづく長い階段を目にして一瞬大空襲の惨状が鮮明に脳裏に甦り、思わず目を閉じた。生身のまま焼かれた人間が、ぶっ壊れたマネキンのごとく階段を埋め尽くしていた光景は、地獄絵そのものだった。

駅前の通路では数人の闇商人が路上にコモをしき、ふかし芋、饅頭、羊羹、魚の干物などの食料品や、茶碗、下駄、石鹸の類いの日常品を並べて売っていた。こうした大道の闇商人は当局の取り締まりを受ければ罰せられるのだが、法外な高値でもどんどん売れるのであとを絶たないといわれていた。みさは六本五円のふかし芋と、三個五円のドーナッツを買った。警察官の取り締まりは随時実施されているので。売手も買い手も品物は没収されると聞いていたので、買ったものを素早く手提げに押し込むと、素早くその場を離れた。

自宅の焼け跡の瓦礫は、警防団の団員たちの手でかたづけられ、父親を荼毘に付した穴も埋められ、他と変わりなく整地されていた。防空壕は薄闇に包まれて、その有りかさえぼんやりとしか見えなかったが、近づいてみるとトタンの戸の表に書き付けの紙が貼り付けてあった。薄暗くて書かれている文字が判読できないので、書き付けの紙をはがし街路にともされている外灯まで足を延ばした。

岡崎様
ご帰宅の際は、私宅へお立ち寄りください。大事な用件がございます。
地主

達筆な文字が、簡単ながら書き主の意図を伝えていた。岡崎家の自宅は、この界隈の大地主からの借地に建てられていたのである。そのことは父親から聞いていたので、みさもよく承知していた。空襲で焼失したからといって、店舗も住まいも形を留めていない以上、使用の継続を求めるのは無理な話である。いつ施設から解放されるかわからぬ身だから、できれば解決しておきたかった。明日は約束通り施設に戻らねばならないのである。彼女は防空壕の戸を開けて中に入ると、空腹を満たすためふかし芋を食べた。和雄兄の手紙に異常がないことを確認してから、防空壕の外に出た。

地主宅は黄金町駅の先の大岡川近辺なので、日暮れてからの一人歩きは不安だった。頻発する凶悪殺人強盗事件に警察は警戒を強め、特に用もない女性の外出を取り締まっていたからである。進駐軍兵士による強姦事件も、市内では多発しているとA園の女たちからも聞いていた。それでも彼女は、地主宅を目指して歩きつづけた。大岡川に沿った警戒線の各橋の上には、警備にあたっているのか進駐軍の兵隊が数人立っていた。

地主はみさの訪問を歓迎しながらも、なぜこの時間にやって来たのかと多少訝《いぶか》った。

「Y病院に入院していました母が亡くなりまして、忙しかったものですから、お伺いするのが遅くなってしまいました」

「それはご愁傷さまです。お父さんも亡くなられ、お淋しいですね」

地主は白髪の頭を垂れて、哀悼の言葉を口にした。

「それで大事な用件とはなんでしょう」

一刻も早く防空壕に戻りたいみさは、単刀直入に尋ねた。

「玄関口で話すのもなんですが、空襲で家屋が焼けてしまったので、借地を買い取っていただくか、私どもにお返しくださるかと、他の借地者にお尋ねしているところなんですよ。お父さまがご健在なら、お店の再建をなさるところでしょうが」

そう語る地主の顔色は冴えず、次のような説明が続く。

「じつは、進駐軍がらみの接収話がでているんですよ。横浜市では都市計画を進めるために、米軍の土地使用の範囲を知ろうと第八軍司令官を訪ねて聞いたところ、市内数カ所が使用地区という指示があったそうです。その中に中区伊勢佐木方面は末吉橋、黄金町までが入っているんです。まだ確かなことはわかりませんが、ただいまのところ市から売却しないようにと言われているんです。どちらにしても、借地人の了承を得なければならないし、書類づくりもしてもらわねばなりません」

みさは借地についての知識がなく、こうした法律がらみの話は父親が関わっていたので、地主にどう返答すればいいのか困惑した。

「両親も兄も亡くなりまして相談相手もいませんが、あの土地を買い上げるほどの余裕はないので、お返しするしかございません。地主さんにお任せしますので、よろしくお取り計らいください」

そう答えるしか術がなかったし、それが最も妥当な方法だった。思い出の詰まった自宅跡地であり、父親を荼毘に付した場所であれば執着心は募るけれど、許されるはずもなかった。

「わしに任されても困るのだが、いずれはっきりしたことが決まり次第連絡しますよ。でも連絡先が分らんのではどうにもならん。住所をこの紙に書き付けておいてくださいよ」

地主は和服の懐から雑記帳を取り出し、彼女の前にさしだした。現住所と施設名を記すことは、どうあっても避けたかった。

「母が亡くなりましたら、新しい仕事に就くことになっていまして、今のところ住まいも定まっていないんです。正規の住所が決まり次第、お知らせしますのでよろしくお願いします」

母親に滞りなく嘘をついたが、地主にも同様な虚偽の態度をつらぬいた。罪悪感を覚える余裕はなく、ただただ疑われずにこの場をやり過ごしたいと切に願った。地主は仕方ないと言った顔つきで、

「なるたけ早く連絡してくださいよ」と念を押した。そして物騒だから、賑やかな通りまで送って行くと言った。みさは深々と頭をさげ、

「有難うございます。ご厚意を感謝いたします」と丁寧に礼を述べた。

和服姿の地主の後ろに従いながら、もし前を行くのが父親ならどれほど嬉しいことだろうと想像すると、じんわりと涙がにじんだ。幸せとは日常のなにげないささやかなことなのだと思い、それをはぎ取られてしまったことが切なかった。

大岡川の近くまで来ると、地主はみさの方を振り向き、

「わしのかみさんも、五月二十九日にこの川で溺れて死んだんじゃあ。火の粉に追われ熱風に耐えられなくて大岡川に飛び込んだと、一緒にいた人から聞いた。川の水が熱い湯になっていたそうだ。わしがそばにいたら、助けてやれたのにと思うと悔しくてね」

と哀しげに語った。あの日、父親はここらあたりを警備団分団長として、市民を誘導していたのだと思うと胸が痛んだ。

黄金町駅前まで来ると、なにやら騒動がおきているらしく人だかりができていた。星のマークのある進駐軍のジープが二台停車しており、ＭＰと記されたヘルメットをかぶった米兵の姿があった。

「なにか事件でもあったのか」

野次馬の中に知り合いがいたようで、地主が質問すると商人風の男は威勢良く、

「米兵どうしの喧嘩らしいが、銃でやりあうんだから怖いよ。巻き添えくらっちゃあたまんねえや」

とまくしたてた。

「このところ米兵の不祥事件が多いいんで、問題になっているね。進駐軍司令部も厳重な取り締まりをしているらしいが、成果があがらないようだね。なにせ兵隊の数が多すぎるんだ。それに日本の警察は、からっきし役立たずというからなあ」

「そうなんだ。こないだもジープできた米兵に、通行中の女子学生がかっさわれたっていうのに、近くにいた警官は助けることができなかったんだ。警官は銃をもってるんだから、撃ちゃあいいだろうに、やっぱ身の安全がさきにたつんだな」

野次馬がざわめきだし、数人のMPにひきたてられた二人の兵隊が駅構内から姿を見せた。二人とも陸軍の軍服姿で、一人は白人でもう一人は黒人だった。憲兵はそれぞれ別の車両に二人を押し込むと車をスタートさせた。ジープはサイレンを鳴らし、野毛方向へ去っていった。

「白人と黒人の争いが頻発してるから、これも白・黒の喧嘩じゃあねえの」

「わしらにとっちゃ、両方ともついこないだまで敵だったんだけどなあ」

地主とその知り合いの男は、苦々しげに言う。

「パンパンが絡んでの、撃ち合いだってさあ。戦場帰りの兵隊は女に飢えてるからね」

「それだけは世界共通だよ。男ならみんな似たりよったりだからなあ」

散り始めた野次馬から、そんな声が聞こえてきた。みさは身体が強ばるのを覚えたが、追い討ちをかけるように年増女の痛烈な言葉が耳に飛び込んできた。

「パンパンは日本女性の面汚《つらよご》しだよ。戦に負けて飢え死するからって、アメリカ兵に媚びることはないだろう。電車の中でもべたついちゃってさあ、見苦しいたらありゃしない。敵兵だった男に操を売るなんて許せないね」

A園の女中頭が、「GIからユーはパンパンガールかって聞かれたけど、あたしたちパンパンガールなの」と年若い慰安婦から尋ねられ、多少困惑ぎみに説明していたことが思い出された。

「パンパンって、インドネシヤ語で女っていう意味だって聞いたけど、進駐軍が持ち込んだ言葉らしいわね。街娼のことで、兵隊相手に公園や空き地などで所構わずに商売するそうですよ。だからあなた方は、断じてパンパンガールじゃありません。あなた方はお上の命を受け、お国のためにK園で進駐軍兵士を慰安しているんです。外国軍隊に占領されたこの国の、治安維持に貢献しています。警視庁があなた方のことを特別挺身隊員と呼んでいるくらい、尊い仕事をしているんですよ。お陰で大和撫子は身を守ることができているわけで、パンパンたちとは全く違います。どうか誇りをもってください」

そう語る女中頭の目には、涙がたまっていた。

地主は岡﨑家の自宅跡地までみさを送ってきて、敷地を見まわしながら、

「焼け跡とはいえここは交通の便もいいし、商店街だった所なんで値打ちものなんだが、米軍に

占領されたら復興も遅れるなあ」とぼやいた。

「防空壕ですが、すぐに取り壊すこともできませんので、しばらくこのままにしておいてよろしいでしょうか」

「米軍が使用するなら市が整備するだろうから、そのままにしておいていいんじゃあないかな。でも中の品物は、移しておかれたほうがいい」

地主の助言は真っ当だが、実行不可能なことだけに答えに窮した。

「防空壕にはろくなものはないんですが、それでも鍋釜などの炊事道具と寝具がございます。もしよろしければ、引き取って始末していただけないでしょうか」

断られたらどうしようかと、恐る恐る尋ねた。地主はあっさりと承諾し、

「いいですよ。あなたのお父さんとは、長年気心の知れた温かなつきあいをしてきた。生きておいでなら、どんなにか頼りになったかと残念でならないんだ」

と心情を吐露した。そして困ったことがあったらいつでも相談してくれと言われ、みさは父親が傍らにいて二人のやりとりを聞いているような気がしてならなかった。横浜大空襲のあった五月二十九日から今日まで、自分が途方に暮れたとき傍らに寄り添ってくれるのは、亡き父ではないかと感じることがよくあった。母を亡くした今、その思いがみさの心を強く捉える。

八　性病蔓延にお手上げの進駐軍

日本占領連合軍最高司令官ダグラス・マッカーサー元帥から要望され、日本占領計画での公衆衛生福祉を担当することになったのは、陸軍軍医クロフォード・F・サムス大佐だった。上陸直後の九月二日から、横浜税関に軍政局の一部として公衆衛生福祉の仕事をスタートさせることにした。さっそく通訳を伴って、横浜税関ビルや警察病院など市内の衛生状態を見てまわった。占領軍用建物にDDTの散布を命じたほど、いずれの箇所も衛生状態は最悪であった。

横浜市が占領軍将校の宿舎として指定したヘルス・ハウスと呼ばれる建物も、視察対象だった。宿舎はマッカーサーやサムス大佐の宿舎となったニューグランドホテルの近くにあった。二階建の木造アパートの薄暗い屋内には、数人の若い女性の姿があった。横浜市が、本牧の遊郭から集めた娼妓だった。サムス大佐はこの女たちが、占領軍兵士を慰安するために待機していることを知らされ、日本には公娼制度があることを再認識した。しかし米兵の性病がらみの健康面を管理する者としては、ヘルス・ハウスを放置しておくわけにはいかない。即座に米将兵の立ち入りを禁止する指令を下したのである。

九月一日、米軍総司令部（ＧＨＱ）は日本駐屯全米軍隊に対し、売春施設及び飲食店の出入り禁止を発令した。それは占領軍衛生部の許可が出るまで、というあくまでも衛生上からのオフ・リミット令（立入禁止令）にすぎなかった。公娼制度のある国で、戦場帰りの将兵に売春施設へ立ち寄るな、というのは無理な話だったという。

サムス大佐は公衆衛生福祉の仕事を開始したが、その間、売春に関する打ち合わせも行った。しかし軍の政策として認められていない事項だけに、表だって取り上げることができなかった。総司令部にとっても将兵の性問題は、表立って議論もできないだけにより深刻だった。

米軍が慰安婦（キャンプ・フォーロアー）を兵隊とともに連れ歩かないことが、事態を混乱させたのである。ＧＨＱの売春に関する方針は、ワシントン同様原則禁止だが、実際はかなり曖昧なところがあった。

慰安施設の利用については各部隊の司令官の考えに違いがあり、慰安所の開設を積極的に望んでくる場合と、立ち入り禁止の札表示を求めるケースとがあった。軍部のあいだでもＲ・Ａ・Ａ容認派がいたことも知られている。また米側は早い段階からＲ・Ａ・Ａについての情報を把握していたようで、占領軍将兵用慰安所作りという日本側の配慮に注目した。参謀の少将たちの中には、日本の政府が関与したこの協会に、米軍を貶める謀略ではという疑念を抱いた者もいた。

シカゴ・サン紙の特派員マーク・ゲインに、次のような記述がある。

アメリカ合衆国の軍隊を腐敗させようとする日本側のぬかりのない、よく組織された、そして十分な資金で賄われた謀略の物語である。その武器は、酒、女、歓待であり、その目的は占領軍の士気と目的を破壊するにある。

（『ニッポン日記』マーク・ゲイン著より）

総司令部としてはこうした意見を無視することもできず、治安の面からも調査を実施した。その結果、R・A・Aは憲兵司令部の配下に置かれ、米側の命令に従って営業を続けることとなった。

連合軍進駐に伴うセックスの需要急増により、慰安施設は確実に増えていき、各所で問題が発生した。淋病・梅毒などの性病が、将兵らを脅かしはじめたのである。米軍首脳部は将兵の健康面を重視し、性病の罹病率が上昇することを憂慮して対策にのりだした。直接の責任がないとはいえ、表に立たされるのはサムス局長だった。

第八軍の性病罹病率は、左記の表の如く、急上昇しだす。

九月七日　二十六・八四（千人につき）
九月二十一日　四十一・八四
九月二十八日　五十五・三四
十月十二日　五十六・〇一
十月二十六日　五十六・三九

（『敗者の贈り物』ドウス昌代著より）

性病対策が開始されたのは、担当官ジェームス・ゴードン軍医中佐が来日した九月二十二日からである。彼はサムス局長が日本占領政策のためにワシントンから招へいした性病の専門医だった。さっそくゴードン軍医中佐は、サムス局長、米太平洋陸軍軍医総代代理ブルース・ウェブスター軍医大佐、それに第八軍衛生部及憲兵隊代表らと会議を重ね、この問題を検討した。

性病の蔓延を阻止するには、オフ・リミット令といった方策では手ぬるく、効果もあがらないだろうから、売春そのものを禁止するしかないというのが一同の見解だった。それは正論であっても、家族と離れながいあいだ戦場ですごした将兵は、いずれも心の慰めと性的慰安を求めているだけに、簡単に結論づけることはできないといえた。総司令部の基本方針としては性の抑圧ではなく、将兵が性病にかからないよう健康遵守に力点を置くことだった。サムス局長も売春を禁止するよりも、性病管理を徹底する方が効果的ではないかという考えだった。そして日本側に公娼制の再興を促してはと提案し、同席者も賛成したという。

第八軍憲兵隊司令官も、管理できる公娼制のほうが性病の感染源の特定も容易だろうと踏んだのか、慰安施設を認める発言をしている。米側にとって日本政府が準備したR・A・Aは好都合な存在であり、この施設を利用して効率的な性病対策を実施しようとしたのである。サムススタッフのブルース・ウェブスター軍医大佐は、東京都庁防疫係長の与謝野光を第一生命ビルに呼んで、性病予防に協力するよう依頼した。与謝野光は、歌人与謝野鉄幹・晶子夫妻の長男である。慶応大学医学部を出て、ロックフェラー財団の招きでワシントンのジョン・ホプキンス大学医学部へ留学した医師である。帰国後は厚生省に入り、その後都庁の職員となった。

ウェブスター軍医大佐には、R・A・Aとは別のプロジェクト構想があるようで、与謝野光の前に警視庁から入手した地図を取り出し、都内で焼け残った売春地域をマークするよう求めた。与謝野はなぜと不審だったが、花街五ヵ所と売春街十七ヵ所を指し示した。すると大佐は都内にある慰安施設を、米軍が利用したいと伝えたのである。日本に売春施設があるかぎり、将兵の立ち入りを禁止することは現実的ではない。既存の売春施設の存在を認め、将兵たちに利用させたうえで、性病対策を確実に遂行したほうが効果的である、というのが大佐の考えのようだった。

米軍軍医大佐から占領軍用に遊郭などの売春施設を斡旋し、慰安婦を世話せよと指示され、都庁の職員である与謝野光はおおいに困惑し戸惑う。指示された事項もさることながら、空襲で壊滅的な損壊を受けた吉原、州崎、玉の井、亀戸、新宿などの花街では、十万人（正確には東京三万三八九〇人、神奈川県八万五〇三七人、埼玉一万八三五人）もの将兵を慰安するだけの能力があるとはとうてい思えなかったからである。しかし米軍の命令は絶対であり、逆らうことはできなかった。しかも大佐は将校と白人の下士官向けの施設と、黒人の下士官向けのそれとを別々の区域に割り振りたいので、協力してくれないかと要望したのである。

白人と黒人との対立は激しく、人種差別が根にある喧嘩は熾烈で、ときには拳銃で撃ち合うこともあり、面倒なこともおこしかねないとの危惧からである。与謝野光は自分の職務は主に伝染病の予防、それが起きた時の処置である。確かに性病の予防も仕事の内だが、全体からみればほんの一部にすぎない。まさか米兵の性の処理のための仕事を言いつけられるとは、思ってもいなかったと回顧している。しかしウェブスター軍医大佐の考えを、真っ向から否定はできなかった。

米兵による強姦事件が巷で頻繁におきているだけに、外国人兵士の慰安に供せられる公娼、私娼たちが気の毒でならないが、一般の婦女子を守るためには協力するしかないと考えた。そして無難な選択として、まず空襲の被害が比較的少なかった向島、芳町、白山の三地区を将校用に、公娼地域として認知されている千住、吉原、品川などを白人兵用に選んだ。黒人兵用には亀戸、新小岩、玉の井、州崎といった私娼窟を提案した。この通達はＧＨＱから日本の警視庁に伝達され、さっそく実行に移された。しかし米兵の性処理のための区分けに協力したことは心中穏やとはいえず、強いこだわりが残った。回顧録に次のような記述がある。

母は、婦人の人権をやかましく言った人物だった。特に、戦前横行していた人身売買には反対していた。このような女性解放派の歌人の息子が、いくら戦争に負けたとはいえ、つい半月ばかり前まで敵国だった国の兵士の性の処理のために、遊郭や赤線地帯を区分けして―提供―し、芸者と娼婦の違いまで説明しなければならない立場になったのは皮肉なことだった。私は運命の妙というものを感じずにはいられなかった。母は日本がアメリカに負けたことを知らないまま死んだのだった。

（『ワシントンハイツ――GHQが東京に刻んだ戦後』秋尾沙戸子著より）

十月に入るとてゴードン軍医中佐は、与謝野光と吉原性病院の深井勝医師を、軍政局公衆衛生福祉課が置かれている第一生命ビルに呼び出した。売春婦の性病検診と、ペニシリンやサルファ剤などの投与による治療の対策を立てることだった。ゴードン軍医中佐は、この国の性病対策が不備なことを痛感していた。日本は公娼制度が認められているだけに、性病が蔓延する可能性があるにもかかわらず、医師はこの病気を売春婦の職業病と考えているようだと嘆いた。

医師も衛生当局も性病の専門知識に乏しく、予防措置はないに等しい。定期検診も肉眼によるもので、顕微鏡を用いての病理検査ではないうえに、患者の治療にサルファ剤も使用していなかった。厚生省は感染経路を調べることもせず、性病届出制はなく、性病の統計もとってはいなかった。米側の不信感は極度に高まった。厚生省が米側の要求にすぐに応じられなかったのは、公衆衛生の指導が戦前から警察の管轄であり、関心もなく責任感も希薄だったといえる。

米軍総司令部公衆衛生福祉局の責務は日本国民の健康維持だが、本音は兵隊の性病罹病に対する憂慮からの性病阻止対策といえた。ゴードン軍医中佐は与謝野光や厚生省の石橋卯吉を伴って、吉原病院など各売春地区の検診施設にたびたび視察に訪れている。大森にあるR・A・Aの検診所（協会の京浜地区事務所だったかつての大森共栄見番の医務室）にも、与謝野光のほか第八軍衛生隊と米太平洋陸軍軍務局の三名の軍医とともに視察した。出迎えた警視庁保安課風紀係長が案内し、慰安婦たちは週に一回の検診を受けていると言ったが、都が嘱託している医師の姿はなかった。

彼らが向島、白山などの検診所も合わせて視察した結果、二十年十月三十日付のPH&Wメモにあるように、これらの検診施設は性病予防の見地からも不適切であると判断されたのである。GHQはそれらの報告をもとに、梅毒、淋病、軟性下疳《なんせいげかん》を法定伝染病と指定し、性の届け出を義務化というＶＤ（Venereal Disease　性病）コントロールについての覚書を出した。東京都はそれに基づいて「性病予防規則」を制定し、政府は「花柳病予防法特例」を公布した。この法の規定は次のような事項だった。

一、性病についての報告
二、性病を拡散する恐れのある職業に就いているすべての人間の定期検診とこれらの人びとへの健康証明書の発行
三、すべての性病罹患者の強制的治療
四、性病に罹病している売春女性を入院させること

性病予防の対策として慰安地区に設けられたのが、プロ・ステーション（Prophylactic Station）である。赤十字のマークをつけたカマボコハウス形の簡易治療所は、性交後に兵隊が立ち寄って事後の洗浄と消毒をする場所であり、衛生隊員や軍医が出向いていた。第八軍衛生隊によれば九月末、大森の慰安地区にあるプロ・ステーションを利用した兵隊は一週間平均七千人余りだったという。

Ｒ・Ａ・Ａでは与謝野光や警視庁保安課長高乗の助言で、ＧＨＱの信頼を得るために荻窪に病

院を設け、性病の治療と予防を心がけた。検診で病気と診断された女性はここへ強制入院させられたが、常時満員状態だった。

性病治療に画期的な薬、ペニシリンが素晴らしい効果を発揮した。ゴードン軍医中佐が、十一月に再度訪れた吉原病院では、出迎えた深井勝院長から、「十二名の淋病患者にペニシリンを打ったら、五名は翌日にはすっかり菌が無くなっていました」という報告を受けた。

悪寒や下痢などの副作用はあったが、ペニシリン投与は画期的な治療法であった。第八軍は性病対策として米兵相手の慰安婦のみという条件付きで、各病院にペニシリン使用の許可を与えた。都庁防疫係長与謝野光は、サムス局長の部下である軍医の指導のもと、ＧＨＱからペニシリン、ダイヤジン、梅毒用にマハルゾールなどの提供を受けて診察を続けた。検診には警察官を動員し、強制的に行われた。売春婦ばかりではなく、米兵が出入りするキャバレーや、ダンスホールのダンサー、女性従業員もその対象とされた。

当時ペニシリンは超高額であり、一般の国民が入手することが困難な薬品だった。この薬の免疫がない慰安婦たちの病気回復はめざましく、サムス公衆衛生福祉局長らは、これで性病が克服できると確信した。だがことは順調に進まず、米本国においてペニシリンが不足しているため、日本人への使用を禁止せよとの通達がワシントンからなされたのである。

一方第八軍からは兵隊たちの罹病率が上昇するばかりなので、治療には欠かせないペニシリンがもっと必要だ、と督促されていた。サムス局長は、罹病している将兵の治療にはペニシリンという特効薬が不可欠なので、使用禁止は問題だという返事をワシントンに打電した。現場を知らぬワシントンの将軍どもへの不満は、第八軍軍医総監ライス准将とて同じだった。

昭和二十一年（一九四六年）一月二十五日の第八軍の調査によると、米兵の平均的性病罹病率は二百五十九人と、上昇が顕著だった。

「日本側は性病問題を重視していない。米側が動かぬ限りなにもしない。いやいやながら協力している態度こそ問題がある」（ＰＨ＆Ｗメモ）一九四六年一月二十二日付」
「吉原・千住地区の売春婦を調査したところ、彼女たちはペニシリンですぐ治ったとしても、驚くべき早さでまた罹病する」（ＰＨ＆Ｗメモ）同年一月二十九日付）

（『敗者の贈り物』ドウス昌代著より）

二月都衛生局からＧＨＱへ、Ｒ・Ａ・Ａ所属の慰安婦に関するレポートが提出された。それによると九十パーセントが性病の保菌者であり、客の米海兵隊の一個師団では七十パーセントが感染している、というのである。

ゴードン軍医中佐は日本側の姿勢を問題視し、性病対策は売春婦よりも将兵の予防と治療を徹底させるべきだと結論づけた。そして各部隊には担当の軍医を配置し、行為にさいしてはゴム製品を用い、プロ・ステーションで事後処理するよう予防法を指導した。けれど実施する者は少なく、効果は期待できなかった。

一ヶ月に千人中五十人余の性病患者が出た部隊の兵士は、外出前後その行動を厳しく検査され、それでも病人が増えると外出時間が短縮、あるいは禁止となった。それほど　各部隊長や軍医そしてサムス局長が力を注いだにもかかわらず、将兵たちの罹病は増加の一途をたどった。

三月八日調べでは、二百七十四人（白人兵率百九十八、黒人兵率千五百四十二）を記録する。（日本占領中の最高）。これはあくまでも第八軍の平均率で、部隊によっては、はるかにこれを上回る数字が出ていた。

なかでも、第六軍が帰還後、京都・神戸方面に回った部隊の率が高い。例えば、第八軍第八百憲兵隊（ＭＰ）（八百四十名、将校二十八名）の罹病率は三月、六百三十八人と出た。兵隊の風紀を見回る職務のＭＰたちであっただけでなく、全員白人兵による部隊だったことが、関係者をいっそう驚愕させた。

（『敗者の贈り物』ドウス昌代著より）

ＧＨＱ当局は、ペニシリン使用、強制検診、慰安所への立ち入り禁止令など、あらゆる手段を駆使しても、将兵らの性への欲望には無力であることを認めざるを得なかった。

占領地での米軍兵士の性病蔓延は、ワシントン首脳部にとってもやっかいな問題であった。その上日本の花柳界に足繁く通う米兵の実態が、米国の新聞特派員によって詳細に報道され波紋がひろがった。兵士の妻や母親は夫や息子が花柳界に出入りし、娼妓たちと交わることに反発し、感染症を患うことを懸念した。米国各州の婦人団体からの抗議も日増しに強まっていった。

軍医らは男が女を求めるのは自然の理であると言い、総司令部も慰安問題に対しては、目をつぶるといった姿勢だった。しかし「売春を抑圧する」という軍規を取り上げて、当初から将兵が売春宿にいくことを問題視しながらも、ずっと無視されてきた従軍牧師らは、本国世論に便乗して抗議の声を強めた。その上米陸海軍従軍牧師連合東京横浜支部の八十八人の従軍牧師は、マッカーサーに正式な勧告をなした。苦情と非難がサムス局長らの元に殺到した。米国世論とワシントンの大統領直属性病委員会を納得させるのには、徹底した隔離政策しかないとサムス局長は考えたのである。

三月二十五日、米国憲兵隊東京司令官より警視総監宛に「進駐軍の淫売窟立ち入り禁止に関する件」の通達がなされた。米軍規に則り、将兵に売春施設への立ち入りを禁止したのである。昨年九月一日にも売春施設及び飲食店へ、将兵が出入りすることを禁止する、というオフ・リミット令が出されている。しかしそれは個々の妓楼や飲食店向けで、今回のそれは全国の売春地域の施設を対象とした厳しいものであった。

R・A・Aの二十一箇所の慰安施設も、三月二十七日すべて閉鎖された。大森地区から多摩にある施設には、MPが直接〔OFF LIMITS〕と記された黄色の標識を設置した。塀や門にも黄色や赤いペンキでVD（性病地帯）と書きつらねた。それればかりではなく、MPは施設の玄関口で見張りをし、裏口から入ろうとした違反者は、軍法会議にかけられるという厳しい罰則が設けられたという。

R・A・Aの関係者は、病院を買収してまで性病対策に尽力したし、各施設でも予防に細心の注意を払ってきたので衛生面には自信があった。GHQに異議を申し立てたものの受け入れられず、また政府当局の指示もあり、協会は設立から七ヶ月で閉鎖せざるを得なかった。翌四月二十二日、政府が国家売春命令を発令してできた売春組織「特殊慰安施設協会」は、幕を閉じたのである。しかし慰安施設を完全に閉鎖したのは、この協会のみであった。

違反者は米軍兵士だけではなく、日本の業者も軍法会議にかけられ有罪判決を受けた。R・A・Aの慰安施設閉鎖によって、失職した慰安婦は約五百人超といわれている。連合軍専用のダンスホール、キャバレー、ビアホール等の娯楽施設に職を求めたり、出身地の遊郭に戻ろうとした女性もいたが、それらもオフ・リミット令を食らって営業中止の店ばかりだった。ほとんどの女性は、米兵相手の街娼に身を転じざるを得なかったのである。

その頃、シカゴ・サン紙特派員マーク・ゲインは、R・A・A所属の慰安施設インタナショナル・パレス（国際宮殿）を取材した。ここでは二十四時間ごとに、一人の女が平均十五人のGIを処理し、GIは各人五十円を支払う。この半分は経営者の懐に入り、半分が女の収入になる。女はその収入から食費、医療費、化粧代、衣装代を支払うという施設の実態を知った。五、六千円の借金があるという妓楼たちから、次のような話を聞いている。

私たちはここ四ヵ月のあいだはとてもうまくやってゆけたんです。GIさんたちとはお友達になるし、私たちは日本とアメリカとのかたい文化的提携を結ぶお手伝いをしていたわけです。ところが軍がGIの立ち入りを先月禁止してしまったんです。このごろでは一日八、九人しか、それもこっそり見えるだけなんです。私たちは相談したんです。そしてこれではあまりさびしいし、第一、日米親善の伝統にもとるということになったんです。（中略）マッカーサー元帥に嘆願書を出すことにしたのです。その嘆願書はこういうんです。「閣下、〈インタナショナル・パレス〉は目下閉鎖されております。GIさんたちはホームシックにかかっておられます。今日まで、私たちはGIの方々に日本で愉快に過ごしていただくのを義務としてまいりました。どうぞ、閣下、パレスを再開させ、ホームシックにかかっておられるアメリカ軍の方々を私たちがお慰めできるようにしてください」

（『ニッポン日記』マーク・ゲイン著より）

敗戦国日本の国体護持に万全を期そうとした東久邇内閣が二十年十月五日総辞職し、十二月十六日には総司令部から戦犯容疑者に指名された近衛文麿が服毒自殺した。東久邇内閣の国務相だった近衛は国体護持を願って奮闘し、婦女子を性に飢えた兵隊たちから守ることを強く主張した。その対策として、国家売春命令によって国家親善協会（後のR・A・A）が設立されたのである。近衛に依頼されて進駐軍慰安施設の提案をしたのは、当時の警視総監坂信弥だった。坂は慰安施設で働く女性のことが気になって、たびたび施設を訪れている。彼女たちは栄養状態もよく、表情に暗い陰りが見られなかったことに安堵したという。

R・A・Aは、すべての慰安所を閉鎖したが、ダンスホールやビヤホール、料亭などはその後も営業を続けた。「小町園」や「楽々園」「見張」といった慰安所のある大森海岸地区の慰安施設は東京都に接収され、海外引揚同胞宿舎となった。R・A・Aの慰安所従業員が解雇され、本部でも人員整理がおこなわれた。五月に辞職した平山三郎理事は、国策として設けられた慰安施設の果たした役割を、それなりに高く評価した。副理事長の大竹広吉も、進駐軍の将兵を慰安する施設がなかったらどうなっていたか。R・A・Aは婦女子の純潔を守ったばかりか、敗戦国の混乱を回避したのだ、と豪語した。

真金町の遊郭から米兵相手に狩り出された娼妓たちが、「こういう汚れた身体がお国のために役立つのなら、よろこんでやりましょう」と協力してくれた、という横浜市警察部保安課課長の記述が神奈川県警察史にある。だが国体護持のために犠牲を強いられた女たちの、人権が顧られることはなかった。

マサチュセッツ工科大学教授、ジョン・ダワーの著書に次のようなことが記されている。

勝者から好評で、はじめは支持されたR・A・Aであったが、占領がはじまって数ヵ月で廃止されることになった。一九四六年一月、非民主的で婦人の人権を侵害するという理由で、占領当局は「公的」売春の全面禁止を命じたのである。しかし占領軍内部では、占領軍部隊の性病患者が急増していることがR・A・A廃止の最大の理由であることが知られていた。(中略)こうしてR・A・Aの女性たちは追い出されてしまったが、退職金はなかった。かわりに頂戴したのは「お国のために奉仕」して、彼女たち自身を除く、日本女性の「純潔の防波堤」になってくれたという、お褒めの言葉であった。もちろん、公的売春制度の終わりは、売春そのものの終わりではなく、もっと密かに行われるようになったというだけのことであった。したがって、当然のことながら性病の防止も困難なままであった。
（『敗北を抱きしめて』ジョン・ダワー著より）

慰安所閉鎖を機に堅気になった者もいたが、街娼に転落した女性がほとんどだった。その当時の私娼は都内で五千人、全国で十万人はいたといわれているが、それに加えてR・A・A所属の慰安婦が、街に放り出されたのである。多くの女性が街娼として、大都会や米軍基地周辺へと流れていったのである。

九　「施設閉鎖命令」で路頭に迷う慰安婦たち

二十一年三月二十七日の昼下がり、みさは遅い昼食のあと食堂の片隅で、数人の慰安婦たちととりとめもないお喋りをしていた。寒い冬も遠のいて春らしい陽光が降り注ぐ季節到来に、女たちの表情もなんとなく和み、しばし苛酷な現実を忘れさせた。

Ｋ園が開業して数ヶ月経過したが、その間この施設から他に移された者、病気療養中の者、病死や精神を病んだ者、そして自殺者などと、当初のメンバーは大幅に入れ替わっていた。この仕事はなんといっても肉体の疲弊が顕著で、短期間に病気や怪我のために働けなくなる者が多かった。

「おおっぴらには言えないけど、あたしお金に困ってるのよ。誰か助けてくれないかな」

痩せこけた頬に苦笑を浮かべながら、由美子がさらりと言う。

「なに言ってんのよ。あんた、ここでの最高のレコード保持者じゃあないの。稼ぎまくっているくせに」

少しばかり年増の春子が、茶化し気味に応じた。

「そりゃあ弟の療養費を送るため、無理して稼ぎまくって貯金してきたわ。でも急に預金が封鎖されちゃって、お金が引き出せなくなったでしょう。サナトリウム、追い出されそうなのよ」

「お上のやることは無茶苦茶だよね。あたしも困ってるんだ。あてにしている家族に生活費送れなくて」

孝子が口を尖らせる。

激しいインフレの抑制のため、一九四六年（昭和二十一年）三月三日付けで、政府は旧円封鎖と物価統制令を発令した。大蔵省と日本銀行が昨年秋から模索していた、預金封鎖という計画が実行されたのである。世情は混乱を極めた。国民の財産を凍結し、お金を自由に使わせないというのは異例の国策といえた。お金の使用を制限すれば、物価も下がると踏んだのだ。手もとに百円だけ残しすべての金を預金させ、一ヶ月の引き出し金額を世帯主三百円、その他は百円とした。そして新札の切り替えとなったのだが作業が遅れ、旧円の札に証紙を貼って新円の代わりとする方策をとった。

物価統制令を発令して、食料品や日用品の闇取り締まりを強化したが効果はなく、品物は闇市に大量に流れた。その結果物の値段は高騰するばかりで、庶民の暮らしは成り立たなかった。

K園の慰安婦たちは、得た収入から食事費、医療費といった必要経費のほか、衣装代や化粧代などを協会に支払っているので、預金封鎖は深刻な問題だった。孝子や由美子のように、家族に仕送りをしている者が大半なので、影響は甚大だった。

「聞くところによるとGIたちは、軍票を使って新円を無制限に交換できるっていうじゃあない。あいつらからダッシュしなくちゃあ」

「春子は学があるから、言うことがさすがだね。あいつらから絞りとるしかないよ」

孝子が語気を強める。みさは皆の話を聞きながら、協会から借りている借金の額を再確認していた。その時、あたふたと食堂に入ってきた事務方の男が、

「皆さん、事務所前に集まってください」と叫んだ。居あわせた一同は怪訝《けげん》な面もちで立ち上がり、ぞろぞろと歩きだした。

R・A・Aの協会バッチをつけたスーツ姿が数人並び、その中央にK園営業所長が固い表情で立つ。下り眉の下の細い目。結ばれた薄い唇。東京芸妓屋同盟会長としてR・A・Aに参加して以来、困難な仕事を取り仕切ってきた業界の実力者も、GHQのオフ・リミットには従うしかなかった。彼は重い口火をきる。

「皆さんにお集まりいただいたのは、重大な報告をするためです。実はGHQのオフ・リミット指令を受け、K園は閉鎖やむなきに至りました。誠に残念至極ですが、皆さんは他に職を求め、新しい旅立ちをしてください。ここで勤めてくださった皆さんの努力で、日本女子の純潔が守ら

れたことは、後世語り継がれることでしょう。国に代わって、また国民の一人として深く感謝しております。皆さん、どうか国体護持に貢献されたことを誇りに、困難に屈することなくすごされるよう願っています」

予想だにしなかった廃園の宣告に居並ぶ女性の反応は凄まじく、抗議する声が四方に響きわたった。

「野垂れ死にせいと言ってるのと同じじゃあないか」

「退職金をだせ」

「借金は棒引きにしな」

「処女を返せ」

「もとのサイズにしてくれ」

怒号と憤怒の声が、怒濤となって激しく渦巻く。

「皆さん、どうかお静かに」

一同の前に立ち現れたのは、K園の亭主だった。

「営業禁止になって一番悔しい思いをしているのは、亭主のわたしです。縁あってここで働いてくださった皆さんに、なんのお返しもできないまま、あすから出ていけなんて言うのは、辛くてなりません。どうか許してください」

涙声でそう語り、亭主は深々と頭を下げた。いっ時静寂があたりを支配した。みさは始めてK園の亭主を見たときから、一流の料亭の主が身につけている風格といったものを感じていた。慰安婦への蔑みや、見くびるような言動は一切なく、いつも労りにみちた態度で接していたのを知っている。それだけにいま目の前で涙ながらに話をする亭主の心情に、嘘偽りがあるとは思えなかった。この人もまた自分たち同様、敗戦国の人間の苦渋を味わされているのだという気がした。

早急に明日からの生活の拠り所を決めねばならないのだが、なんの手がかりもない。遊郭の娼妓だった人は、楼主を頼って元の楼閣に戻るということだし、米軍基地近辺にある娯楽施設に働き口をみつけるという人もいた。みさは黄金町あたりだと、知りあいに出会うことがあるので、なるべく遠方に仕事口をみつけようと考えていた。しかしその夜、女中頭の治代から、

「わたしの知り合いが、本牧でGI相手にバーをやってるんだけど、もしよかったら行ってみない。あそこあたりの娯楽施設にも顔が利く人なので、相談にのってくれると思うの」と言われた。そう誘ってくれたのが、なにくれとなく親身に面倒をみてくれた女中頭だったので、素直に応ずることにした。

「それならさっそく相手に電話しときますよ。後で所番地と、手書きの地図を渡すから」

女中頭はそれだけ言うと、忙しげに去っていった。

翌日の午後三時すぎに、みさは二人の女性とともにK園を出た。彼女たちも女中頭から本牧のバーを紹介された二十歳すぎの娘で、江戸っ子で気性が激しいわりには優しいところがある綾子と、穏やかな性格で皆に好かれている里子だった。三人は下着や衣類を詰め込んだザックや風呂敷包みを抱え、重い足取りで駅に向かって歩きだした。少し行った所で、大学生と思われる学生服姿の若者に呼びとめられた。彼の傍らには大柄な二人のGIがいて、学生になにやら尋ねている様子だった。

「ここらへんに、K園というゲイシャ・ハウスはないかって聞いてるんだけど、知らないですか」

学生は困惑気味な表情で、三人に向かって尋ねた。

「そこのアメ公に言ってやんな。ゲイシャ・ハウスはその先にあったけど、もうない。GHQの命令で閉鎖されちゃったって」

綾子が大声で答えた。学生はたどたどしい英語で、綾子の言ったことを米兵に伝えた。だが相手は納得できないのか、手にしたハンカチを振りかざしてなおも執拗に問いつづけた。学生は相手の熱気に押され気味で、助けを求めて女たちを手招きした。三人はしかたなく荷物を抱えたまま、彼らのそばへ近寄っていった。米兵が手にしていたハンカチは、土産物屋で売っているしろもので、芸者姿が刷り込んであった。

「ゲイシャ・ハウス、オフ・リミットね」

綾子がGIに向かって直接言葉をかけた。すると金髪の米兵が不愉快そうな顔をして、「ガッテム」と忌々しげに言った。彼らにとってオフ・リミットの一言は、よほど腹に据えかねるようだった。

「アメ公はオフ・リミットって言うと、ガッテムって怒鳴るけど、マッカーサーの命令じゃあしょうがないよね」

「違反すると、軍法会議にかけられるって聞いたからね」

学生は二人の会話も、通訳して米兵に伝えた。すると米兵はシュア、シュア（もちろん）と頷き、もと来た道を引き返していった。学生も彼らと一緒に駅の方へ向かった。三人はまた重い足どりで歩きだしたが、後ろのほうから、雑言が聞こえてきた。米兵の騒ぎを立ち止まって見ていた、数人の女からの蔑みの言葉だった。

「あの人たちK園の売春婦でしょう」

「K園には進駐軍相手の売春婦が、大勢いるらしいからね」

「あの女たちのせいで、淫売の町だって言われ、ここら辺の評判はがた落ちなんだから」

「恥かしいよね。淫売の町だなんて」

「ついこないだまで敵だった兵隊に体を売るなんて、気色悪いったらありゃあしない」

みさは行き交う車の音に混って聞こえてくるそんなやり取りが、この町の人たちからの非難と攻撃であり、相手からむき出しの憎悪を浴びせられたと感じた。

「痛い。なにするのよ」

鋭い悲鳴があがった。野次馬たちの所に駈け寄って行った綾子の手には、ヒールが握られていた。声高に喋っていた若い女の顔を、ヒールで叩いたのだ。女は頬を抑えて蹲《うづくま》った。傍らの数人は綾子を取り囲み、

「顔を殴るなんてひどいよ」

「許せないね」

「あんた、K園の売春婦だろう」

となおも暴言を浴びせた。

「それがどうした。文句あるか」

逆上した綾子は手にしたヒールを振り回し、暴れまくった。

「おまわりを呼ぼう」と誰かが叫んだ。

「お待ちなさい」

道の傍らにたたずんでいたみさが、女たちの方に歩み寄りながら、鋭い声を発した。

「この人が殴ったのは悪い。けどあなたがたがひどいことを言うから、この人は怒った。お互い

さまじゃあないですか」

女たちは黙っていたが、敵意と憎しみをこめた視線をみさに向けた。

「K園のせいで、どれだけこの町の人が迷惑をこうむっているか。朝から夜遅くまで、進駐軍の兵隊に町中うろうろされたんじゃあ、たまったもんじゃあありませんよ。みんな怖がっていました」

もんぺ姿の年増女が、強い口調で言い募った。

「しようがないよ。日本は戦争に負けたんだから。奴隷にされなかっただけいいんだ」

里子がそう反撃した。するとひっつめ髪の、高慢ちきそうな女が、

「いくら敗戦したとはいえ、日本婦人の誇りを捨て、米兵に身を売ることはないでしょう。ほんとに汚らわしい。日本女性の恥ですよ。恥」と黄色い声でまくしたてた。

「K園はお上が設けた施設だってこと、ご存じないでしょうけど、わたしたち、お上の命令で働いているんです。あなたがたが米兵の暴行から守られているのも、慰安施設があるからなんですよ。でもね。米兵に犯され、しかたなく施設に来た人が大勢いるんです。町中からジープで連れ去られたとも聞きました。ですからあなたがたも、いつそういう災難にあうかわかりません」

みさは低い声で思いの丈を淡々と語った。ざわめきが止み、静かないっときがながれたが、それもつかのまのことで、

「理屈っぽいこと言っちゃって。売春婦のくせに」というせせら笑いが聞こえてきた。その屈辱的な言いざまにむかついたのか、綾子がまたヒールを振りかざしながら女たちに詰め寄っていった。

「売春婦、売春婦って馬鹿にするな。この人もそうだけど、女学校出がざらざらいるんだ」

女たちは悲鳴をあげながら逃げまどい、その場から遠ざかって行った。午後の明るい日差しが衰え、あたりは夕暮れどきの淡い光に包まれていた。海岸から吹いてくる微風の中にたたずみ、みさはつきあげてくる悲しみとも憤りともつかない激しい感情を、抑えかねていた。民族の純潔護持という国策のために生け贄にされた慰安婦たちと、その存在を罵倒する守られた側の大和撫子たちとの、あからさまな対比の相違が鋭く胸を抉ったのだ。

本牧にある外人バー「リリー」は、キャンプ・コウと呼ばれる米軍第八軍宿舎の近くにあった。港に続く横浜の繁華街はすべて接収されて有刺鉄線が張られ、その中にはカマボコ兵舎が並んでいたが、本牧も同様な光景だった。山手の端っこのワシン坂を海のほうへ下っていくとそこが小港で、昔から外国人向けのチャブといわれた風俗店が宿や食事を提供していた。外国人の船員を相手にする女たちがいて、賑やかな町だった。

以前は海水浴場が市電の停留場ごとにあり、終点の杉田までつづいていて美しい海の景色が人々に愛されていた。間門《まかど》小学校の運動場の先は海で、夏には子供たちが泳ぎを楽しんだ。しかし米軍第八軍は、海での水泳や海岸で散歩をするときは、爆発物の有無に注意するよう警告した。子供が打ち寄せられた機雷で死ぬ、という事故があったからだ。

連合軍は海岸に近いところは、後日使用するためにあえて爆撃を回避したという。したがって焼けずに残っている建物や土地はことごとく接収した。そこが宿舎地区となり、カマボコハウスが建てられた。また将兵の家族が来日すると、本牧地帯には家族用の宿舎も建設された。こうして米軍に用地の多くを接収された町は様変わりし、縦横無尽にジープやトラックが走りまわり、軍服を着たGIが我がもの顔で闊歩《かっぽ》した。米兵と腕を組んで歩く日本女性の姿も見られ、アメリカの町のような雰囲気を醸し出していた。

本牧の米軍接収地区の近辺には、ダンスホールやビヤホール、キャバレーなどが建ち並んでいたが、なんとなくひっそりとしていて、歓楽街らしい華やぎはまるで感じられなかった。米兵向けの店はオフ・リミット令布告を受け、営業ができないのだろうと推測するしかなかった。よく見るとやはり店の出入り口には、OFF LIMITと赤や黄色いペンキで書かれた、立て札が立てられていた。

バー「リリー」も同様な立て札が置かれていたが、白壁の外見は瀟洒《しょうしゃ》で、地味ながら品のある印象を受けた。扉の電灯がともされていなかったのであたりは薄暗く、休店なのかと三人は扉を開けるのを躊躇《ちゅうちょ》した。けれど中から微かに音が聞こえてきたので、みさが思い切って扉を押すと、ジャズらしい音響が耳に飛び込んできた。三人は顔を見合わせて頷き、店内に入っていった。

カウンターにいた男が振り向き、ママと思われる女が、

「いらっしゃいませ」と声をかけた。

「突然お伺いしましたが、私どもK園の野島治代さんからご紹介いただいた者です」

みさがそう言うと、赤い花柄のネッカチーフを髪に巻いた三十代半ばの女は、申し訳なさそうな顔で、

「K園の方ね。治代さんとのお話、残念なんですけど反古にしてくださいな。ご覧になったと思いますけど、リリーもK園と同じようにオフ・リミットをくらってしまってあんな立て札たてられちゃったのよ」と応じた。

みさは目の前が真っ暗になったような、行き暮れた気分に陥った。綾子も里子も、焦心した面もちで突っ立っていた。女は、

「まあ、そこらへんにお座りなさいな」と気さくに促し、カウンターを指し示した。

「治代さんから相談されたときは、ここらへんのキャバレーやダンスホールも、人手不足だったんです。ダンスホールでは、女たちが流行ってるジッターバック・ダンスをＧＩから習ったりし

て、繁盛してたのね。それでついOKしちゃったの。でもそうこうしているうちにオフ・リミットになったでしょう。MPが見回ってきて、違反するとひっつかまるんで、GIも寄りつかなくなるし、業者だって警察にあげられるっていうから、恐くてみなおとなしくしてるようなわけなの。腹立つけど、マッカーサーさまの命令じゃあしょうがないものね」

ママは口をすぼめて笑い、コーヒーカップをカウンターに並べ始めた。

「マッカーサーも困ってるんだよ。彼もソルジャー（兵士）だったから、セックス禁止令なんて不自然だと分かってるさ。でもマッカーサー夫人や兵隊の家族がうるさく言うんで、仕方なくあんな命令を出したんだって、アメ公がぼやいてたからね」

カウンターでビールを飲んでいた国民服の男がそう言うと、ママも深く頷いた。

「お兄さん。詳しいんですね。米軍のことに」

里子が若い男に声をかけた。

「この人、キャンプの食堂にKPとして働いているのよ」

「KPって」

綾子が聞いた。

「食堂の皿洗いとか、掃除とかを受け持つ下っ端の従業員のことね」

「俺、給料がいいんで飛びついたんだ。英語も覚えられるし、残飯が自由に食べられるのも魅力だから」

若者はグラスのビールを一気に飲み干してから、

「さっきのオフ・リミットの話だけど、性教育を担当している従軍牧師たちからの強い要望もあったそうだ。売春娯楽施設があるから兵隊は堕落するのだからって、立ち入り禁止を求めたらしい」

「お蔭で、どれだけ多くの人が路頭に迷うかしれやぁしない」

ママはコーヒーカップに飲み物を注ぎながら、苦々しげに言った。

「そのうちほとぼりがさめるさ」

「そうかなあ。K園さんは、お上がからんで出来た施設なんだから、閉じるのはしかたないかもしれないけど、とばっちりで休業させられるわたしらは、たまったもんじゃあないわ」

「どうせ長続きはしないさ」

「そうだといいけど。リリーもこのままじゃあ借金地獄でにっちもさっちもいかないわ。ところでお三人さん、どうしましょう。治代さんの口ききなので、力になりたいんですけど、こんな状態なもので」

ほっそりした頬に、苦渋の色が浮かんだ。みさはその表情を目にして、まだきちっとした挨拶もしていなかったことに気づき、深々と頭を下げた。

「自己紹介もせず失礼しましたが、わたし岡崎みさと申します。横浜生まれの横浜育ちです」

続いて二人も神妙な顔つきで自己紹介をした。

「清水綾子です。東京の深川出身ですが、空襲で家族を亡くし一人ぼっちになりました」

「わたしも同じで、川崎の軍需工場で働いていた時に空襲にあい、終戦後餓死寸前でこの仕事につきました。高橋里子です」

「いい人たちだからなんとかしてあげたいって、治代さんが言ってました。今夜はここで泊まって、どうするか考えたらいかがかしら」

「有難うございます」

みさは心から礼を述べた。

「レコード、また聞きにくるから、置いとくよ」

男は事情があるらしい客を気遣ってか、そう言い残して店を出ていった。するとママは、

「実はK園と同じような、GI相手の慰安仕事ならあるんです。もぐり営業なんでお勧めしにくいんですが」と口火をきった。

「もぐりって言われましたけど、どんなとこなんですか」

みさはためらいつつ、遠慮ぶかげな口調で聞いた。もぐりという言葉の意味するものがなにか、その実態を知りたかったのだ。

「もぐりは公認されずに営業していた違法な売春宿ですけど、よく分からないのは今度公認されていた公娼制度が廃止されるんで、公娼宿も違法だっていうのね。でも公娼でないけど私娼として認めるというでしょう。頭がこんがらがって、答えようがないわ。でももぐりハウスは、チャブ屋街のはずれにも何軒かあって、いつも満員なんですって」

「あたし行くとこないんで、そこ紹介してください」

綾子がママの話にすかさず応じた。

「わたしもお願いします」

里子も同調した。みさは無言のまま目を閉じ、しばらくじっとしていた。自分もその売春宿にしか行く所がないと承知しながらも、心の奥底に強い拒絶感があった。おぞましい世界から逃れられるかもしれないという、微かな願いが打ち砕かれる一瞬でもあった。言葉なくただ同意を伝えるために頷いた。

「それなら、これから行ってみましょうか。ここらへんのハウスはみんなぼろ屋かバラックばかりで、宿の女将が若い子を数人かかえて商売しているのね。ただ注意しなければならないのはもぐりだし、女の子も街娼なんでＭＰと警察の取り締まりがやたら厳しくて、見つかれば否応なくしょっぴかれるんです」

綾子も里子も冴えない顔つきで、ママの話を聞いていた。みさはもぐりハウスの女たちがパンパンと呼ばれる街娼だと知り、そのことにこだわざるを得なかった。自分が街に出ていき、客引きのために直接米兵に声をかけることなど、とうていできないだろうと思った。それでもその場で拒むこともできず、黙って従うしかなかった。

ママが三人を連れていったハウスは、海に近い海岸沿いの間門《まかど》で、米軍接収地の近くにあった。和服姿の五十がらみの女将はどこか知的な風貌で、この業界の人とは思えない印象を受けた。

「こんなあばら屋でよかったら、今夜から寝泊まりしてもいいですよ」と気さくに応じ、横浜空襲で焼け残った木賃宿を手入れして、街娼たちを賄いつきで面倒みているのだと話した。ほとんどのハウスでは、米兵を女の部屋に次々と送りこみ、オールナイトの相手をさせたりするが、ここでは客と話がつけばホテルに行ってもらい、家にはあげない方針だという。

「女将さんは長いこと小港のチャブ屋で、外国船の船員を接待していた人だから、英語が話せるのよ。だからハウスを訪ねてきた米兵と、直接交渉してくれるので人気があるの。とにかくものの道理の分かった方なんで、困ったことがあったら相談したらいいわ」

リリーのママそう言い残して、帰って行った。

「ここはもとは女中部屋だったので狭いけど、押し入れに布団もあるんで取り出して休んでくださいな。夕食はどうしました」

「あたしたちさっき外食券食堂で、済ませました」

里子が答えると女将は軽く頷き、異動証明書の有無を尋ねたが、そのほかのことをあれこれ詮索することもなかった。

十　安住の地に昇天した一輪の闇の花

占領下で急速に発生したのはパンパン・ガール（白人兵相手を白パン、黒人兵相手を黒パンとも言った）と呼ばれた街娼であり、昭和二十二年がその全盛期といわれている。初期は立川、横浜、横須賀各基地の周辺、都内では有楽町駅や日本劇場の周りなどで五百人ほどだったが、またたくまに二、三千人にふくれあがった。もっとも占領一ヶ月もたたぬ九月末には、総司令部公衆衛生福祉局サムス局長の宿舎、帝国ホテル近くの日比谷公園周辺には、すでに米兵を誘う街娼が出現していた。

経済力のない飢え死に寸前の女たちは自身ばかりでなく、家族のために公園や焼け跡の野っぱらやガード下で、米兵の相手をしたのである。しかしパンパン・ガールは健康診断を受けないため性病の罹病率が高く、しかも予防も治療も皆無なので、日本駐屯米軍将兵への影響は甚大であった。進駐軍向けの慰安施設が立ち入り禁止になった結果、ＧＩたちは街娼やもぐりの売春宿で性の処理をすることとなり、事態はより深刻な状況になっていった。

街娼を取り締まり、定期検診を強制できる法はなかった。このまま放置するわけにはいかないので、強制的に性病検診と罹病者には入院して治療することが肝要だと総司令部は判断した。そして日本政府に対し、パンパン・ガールは無検診なので一斉検挙せよ、との申し入れがなされた。GHQは日本警察に協力を要請し、いわゆるパンパン狩り（ラウンド・アップ）をひんぱんに行い、性病の検査、取り締まりを強化した。狩り込みを行うのは、主に太平洋陸軍憲兵隊司令部（PMO）のMPで、検診は日本が担当した。

昭和二十一年一月二十八日夜半、東京でGHQの指導により、都庁と警視庁が協力して、始めての一斉検挙が行われた。総司令部法務局長は、常習淫売の嫌疑だけで捉えるのは人権蹂躙である、と反論した。米側でも法務局のアップルトン検務局長が、狩り込みは人権侵害であり、民主国家のすることではないと主張した。だが軍医や公衆衛生福祉局、憲兵隊は性病対策としては、この方法しかないと譲歩しなかった。狩り込みにあった女たちのほとんどはこの道の素人で、学業半ばの女子学生や戦争未亡人、海外引揚者の子女、タイピストや元銀行員などがいた。年齢も若く、十八歳から二十二、三歳が六十八パーセントで、学歴も高く、高等女学校卒業者も多数いた。

同年三月末に都内で検挙された街娼約三百人中、半数近くが性病の保菌者だった。その中に、R・A・Aが解雇した慰安婦が多数いたという。横浜市での検挙者は六百五十人で九割までが保菌者と推定されたが、それは基地のある地域環境によるとみられる。彼女たちの収入は月に三千円から最高五万円で、平均は一万円だった。

日本政府当局は犯罪取り締まりと性病対策上、街娼の増加を抑えることに努めたが、これといった救済策はとらなかった。国民も売春は必要悪として、その存在を嫌悪しながらも目をつぶって見過ごしたのである。


海辺の街に心地よい潮風が吹き、真夏の夜の夕涼みを楽しむが人がそぞろ歩きを楽しんでいた。夕食後マカド・ハウスの店先に置かれた縁台に腰掛け、女たちはとりとめのないお喋りをしながら客引きを始める。

連れだって歩く米兵に向かって、

「レッツゴー・マイハウス・ハバ・ハバ」

「ヘイユー・ベリー・グッド、ベリー・チープ」

「ヘイユーカモン・マイ・ハウス・カモン」

などと舌足らずの英語で声をかける。パーマネントをかけた髪と、米兵好みの派手な色彩のワンピースに身を包んだ彼女たちは、自信ありげに米兵にアタックする。

「あいつら遊びたいくせに、ＭＰにマークされてつかまるのが恐いんだ」

「軍法会議にかけられ、違反者は罰せられるっていうもんね」

「GHQは、兵隊が性病にかかるのを恐れているから、強引なんだよ」

「でも、あたしたちパンパン狩りにあって、ひどいめにあっているんだからね」

「そうだよ。うちのハウスだって二人も、強制入院させられているんだ。わたしらいつとっつかまるかしれやしない」

「もともとアメ公が持ち込んだ病気なのに、パンパンのせいにするんなんてひどいよ」

「検査にひっかかると即入院だろう。仕送りできないと、家族は飢え死にするしかない」

「だけどさあ。この病気は恐ろしいんだ。頭がパーになって死ぬっていうからね」

「病院で治療すればタダだけど、花柳病専門の医者だとぼられるってさあ。なんでも淋病にはペニシリンを注射するので一回千円、梅毒だと六百円はかかるらしい。だからパンパン狩りも、いちがいに悪くもいえないんだ」

岡崎みさは彼女たちが交わす話を聞いて、パンパン狩りの現場で経験したあの夜の記憶が、フラッシュバックするのを覚た。

みさはR・A・Aを解雇された翌日、綾子と里子とともにK園を後にして、マカド・ハウスで働くこととなった。米兵を慰安するという仕事には変わりないがK園と比べると客数がすくないので体は楽だし、女将ひとりの采配なのでどこかのんびりしたところがあった。玉割の仕組みも大ざっぱに半々といったところで、食事、掃除、洗濯などをこなす人も他に雇ってあるから気楽だった。

賄い付きで雑炊やすいとん、さつまいもなどの献立がおおかったが食費を払い、食券さえあれば食事の心配もせずに過ごせた。女将は顔がきくのか、米軍基地から出された残飯をもらい受け、濃厚な味の雑炊を食べさせてくれたりした。

R・A・Aでできた借金も、護国維持に貢献した功労により、返納なしということになった。慰安婦らの借金はかなりの額だったが、すべてR・A・Aが負担したということだった。みさは前借りの貸し借りがなくなったので肩の荷がおり、貯金は少ししかなかったが先行きに希望が持てた。できることならお金をためて、衣服を商う小さな店を出したいと思っていたのだ。

マカド・ハウスで暮らす女は五人だったが、K園からの三人を加え八人になった。病気や妊娠など身体的なトラブルでやむなくここを出ていく人がいるので、入れ替わりも激しいと女将は言った。女たちは表向きは威勢がよく、酒に酔うと、

「女郎は身を売っても心は売らぬって言うじゃあないか。あたしたちだってアメ公に体を売っても魂は売らないんだよ」と啖呵《たんか》をきったりする。その言葉には女たちの共通した思いがこめられていて、街娼といえどもそれなりの誇りをもっているのだとみさは受け止めた。けれどなぜか彼

女たちは身の上話をしたがらないし、出身地や本名、家族のことなど口にしないので理解しにくい面もあった。ただ戦争によって家庭を破壊された人たちだ、ということだけは紛れもない事実なのである。

初夏を迎えハウスの女たちは、高額な生地で仕立てた夏服に身を包み、女将が交渉したＧＩと腕を組んでホテルへ直行した。Ｋ園から転職した里子や綾子も、彼女たちに負けないほど稼ぎまくっていた。

それは六月半ばの少し肌寒い夜の出来事だった。マカド・ハウスに米第八陸軍所属のジョージ・モートン隊員が訪れた。馴染みの女がいなくなって足が遠のいていたのだが、女将から聞いた話が忘れられずにやってきたという。彼は無類のジャズ好きで、戦地でもラジオから流れる音に執着し、ジャズを愛してやまなかった。チャンスさえあれば、どんな無理をしてでもジャズを聴きまくった。日本に上陸してからは、あちこちのクラブでビック・バンドの演奏を楽しんだ。むろんＶディスク（将兵の慰問用に軍が制作したレコードだが、軍の備品なので持ち出し禁止だった）も、宿舎では堪能した。そしてマカド・ハウスの女将から、戦前の本牧界隈ではジャズ専門の喫茶店が、客にレコードを聴かせていた。戦争中ジャズ・レコードは、当局から回収を命じられた。けれどひそかに隠されて空襲でも焼け残ったジャズ・ポップスのＳＰ（昔の七八回転レコード）を、何枚か持っている人がいると知らされ、ぜひともそのレコードが聴きたいというのである。

「その人って、実はリリーのママなのよ。わたしも言い出しっぺなんで、店に案内してあげたいんだけど生憎大事な用事があるのよ。その役みささんにお願いしてもいいかしら」

女将の魂胆は、ジョージをみさの常連客にすることにあるのではと思われた。それに初対面ながら、ジョージ隊員の人柄に好感が持てたので断るいわれはなかった。軍服姿のジョージと花柄のワンピースを着たみさは、ハウスを連れだって出た。しばらく行ったところで、

「狩り込みだ。逃げろ」という男の叫び声がして、前方から駈けてくる人の姿が目に飛び込んできた。幌付きのトラックと、星マークのジープが道を塞ぐように駐められ、喚き声が聞こえてきた。車両を数人の警察官が取り囲み、連行した人を荷台に担ぎあげようとしていた。激しく抵抗する女を、警察官は強引に押さえ込んだ。トラックの荷台の椅子には、パンパン・ガールとおぼしい格好の女たちが腰掛けていたが、かなりの人数のようだった。

その光景を目の当たりにしたみさは、狩り込みの現場に出くわしたことを知って、いっとき茫然自失の状態に陥った。逃げようとするのだが、足がすくんで動けなかった。米兵と一緒に歩いていたのだから、パンパン・ガールとみなされ、連行されるのは目にみえていた。傍らのジョージは事態が理解できないのか、ぼんやりと突っ立っていた。やがて二人の存在に気づいた警察官が駆け寄ってきて、

「連行します」と言うなりみさの身柄を捉え、強引にトラックまで連れて行こうとした。ジョージは慌てて警官の胸ぐらを摑み、同伴者を取り戻そうとした。もみ合いになった様子を察知した警察官が飛んできたが、大柄な米兵の腕力に苦戦を強いられた。するとＭＰがやってきて、ジョージを警察官から引き離した。ジョージは興奮した面もちで、なにやら激しく抗議しているようなのだが、英語なのでみさにはその内容が分からなかった。ＭＰのひとりは髪毛や面差しから日系アメリカ人のようで、

「ただ今、身分証明書と外出許可書の提示を求めて尋問していますが、第八軍部隊所属の将兵で、一緒にいた女性は道案内をしていた知人だそうです」と流ちょうな日本語で警察官に告げた。警察官は了解したのか、なにも問わずにみさを解放した。ジョージはＭＰに連れられて基地へ帰ったので、初期の目的は果たせなかったが、彼によって救われたことを実感した。しかしそのときの恐怖感がいまだに脳裏にこびりついたまま、薄れることはなかった。

マカド・ハウスの女たちは、寄ってくる蚊を団扇で払いながら縁台に腰掛け、日頃のうっぷんを喋りまくっていた。オフ・リミットの影響からか、通りには米兵の姿はなく、ときどき人力車が通っていったが誰も乗っていなかった。

「ふうてんのお時が捕まったって聞いたけど、ほんとなの」

「加賀署にしょっ引かれたってね。南京街で無銭飲食したんだってさ」

「あいつに痛い目にあわされたパンパンが大勢いるのよ。以前ここにいたキクちゃん、伊勢佐木町が好きであそこで商売してて、あいつに随分泣かされたんだ。いい気味だよ」

女たちは客引きをあきらめたのか、身近な出来事を話しあった。

「闇の女を戦慄せしめた毒婦」と新聞に書き立てられたふうてんのお時、こと海老原民子は、断髪に黒めがね、濃紺のワイシャツの袖をまくりあげた男装で、ハマの中心街に君臨し、パンパンたちを脅して金をまきあげていたのである。


七月もおわろうとしていた頃、みさはなんとなく体調が優れないことが気になった。よく眠れないし食欲がなかったが、暑気あたりかもしれないと自己診断をしてやり過ごしていた。けれど先月は月経不順で、今月は皆無だった。妊娠を疑うしかなかった。女将に相談すると、さっそく産婆に診断してもらうことになった。

かなり年増の産婆は医療鞄持参でやってきて、馴れた手順で診断した。その結果、妊娠三ヶ月だと告げた。思いもかけぬ事態にみさは混乱し、目の前が真っ暗になった。K園にいたときから、注意をおこたらずにきたのにと歎くと、産婆は重い口調で言った。

「神様の摂理なんでしょうね。孕みたくても孕みたくなくても、人間の思うようにいかないのは」

　そうかもしれないが、慰安婦が孕んだ芽は摘み取るしかないのだと反発したかったが、

「堕胎したいのですが、お医者さんを紹介していただけないでしょうか」と懸命に頼んだ。

「ひと昔なら花街ではことがうまく処理できたんですが、今は難しいんですよ。堕胎罪に問われるのを恐れて、お医者さんが断るものでね。それに闇のお医者さんが不適切な中絶手術をして大出血をおこし、回復できずにそのまま死亡することもよくあるんですよ」

　産婆は気の毒げにそう告げた。傍らで見守る女将も深く頷き、

「うちで働いた人の何人かは、身ごもってそりゃあ苦労してるのよ。堕胎してくれる腕のいい医者がいても、何千円も手術代がいるんだからね」と補足した。

　冷水につかったり、高い所から飛び降りて流産させる話を聞いたことがあるが、そんな手法で成功するとも思えなかった。

「このまま臨月を迎えるしかないんですか」

　みさが涙声でそう尋ねると、産婆は哀しげな目をして頷き、

「その間なにかございましたらご連絡ください。すぐ飛んできます」

　と答えた。女将も、

「生まれた赤児の始末はなんとかするから、元気を出しなさいよ」

と励ましの言葉をかけた。

みさは声をあげて泣きたかった。大声で喚きたかった。なすすべもないとはこのことだと、無力さと絶望感にとらわずにはいられなかったのだ。


月日は容赦なく過ぎていき、夏が終わり初秋の風が吹き、そして街路樹の葉も紅葉し始めた。みさのお腹の赤児も待ったなしで育っているのが、誰の目にも分るようになった。

ハウスの女たちは同情し、それとない手助けをおしまなかった。女将も賄いの手伝いをすることで食事代を免除すると計らってくれたので、みさは平穏な日々をすごすことができた。

妊娠七ヶ月めになった晩秋の夕暮れどき、台所で夕食の準備を手伝っていた最中、みさは腹痛に見舞われた。痛みはだんだんひどくなり、破水とおもわれる体液がズロースを濡らした。外出先から帰ってきた女将は、ただならぬ妊婦の様子を見て、

「切迫早産になるかもしれないね。産婆を呼んでくるから」と駈け出していった。だがすぐさま戻ってきて、

「困ったなあ。産婆さん、お産の最中なのよ。どうしよう」とおろおろした。

「産科医じゃあないけど、山本先生に来てもらいましょうか」

賄い婦が提言した。すると女将は、

「あの先生大勢患者かかえてて無理無理。そうだ。プロ・ステーションにはドクターがいるじゃあないか」と嬉しげに叫んだ。

プロ・ステーションとは兵隊が事後洗浄をするために、米公衆衛生福祉局が設けた衛生施設である。基地の周辺や慰安地区には、カマボコ型の外側が鉄板でできた建物が設置され、赤十字のマークが標示されていた。軍医と衛生隊員が出向き、兵隊たちの性病検査と予防の指導をしていた。

「あそこで診てもらったらどう」と女将は同意を求め、みさが頷いたので、

「ならすぐに行きましょう。山田さん。裏庭にあるリヤカーを勝手口に運んでくださいな」と賄い婦に頼むと自身は着物の裾を捲り上げ、二階に駆け上がって敷き布団を運んできた。

みさは女将が呼んできた近所の男衆によって、素早くプロ・ステーションに運ばれた。軍医は女将から説明され強く懇願されても、軍規上受けられないと拒んでいたが、妊婦の切迫した状態を放置できないと判断したのか、診察室に招じ入れた。

カマボコ兵舎に設えられた診察室には衛生隊員がいたが、ドクターの指示で急きょ診察台にシートが敷かれ、男衆に運ばれてきた産婦が横たえられた。白いシートがたちまち血で染まった。破水に続いて、出血がみられたのだ。ドクターに促され、女将は心配げな表情で診察室を出ていった。男衆はリヤカーを置いたまま帰っていったが、女将はプロ・ステーションに留まった。

みさは半ば意識がもうろうとしていて、そのうえドクターと衛生隊員が交わす言葉も理解できないので、どんな手当がほどこされているのか察知できなかった。ただ女将が何度か繰り返し口にした「切迫早産」という一言から、早産を覚悟していた。お腹がぽんぽんに張り、だんだん痛みが強くなっていったが、胎動が微かに感じられた。胎児は未熟ながら胎内で生きているという感覚がつたわってきた。望まない胎児であっても、異常な分娩や死産だは避けたいのが、産婦の本能なのかもしれなかった。

暗いトンネルの中を全速力で疾走しているような苦痛がふと途切れ、開いた子宮口から胎児が引き出されつつあるという実感が伝わってきたが、産声は聞こえなかった。汗まみれの全身が萎え、虚脱感に見舞われた。ドクターが胎児を衛生隊員に手渡しているのを覚えているが、その先意識が途絶え、激しい睡魔の底に落ちていった。

深い眠りから覚めたとき女将がひとりいるだけで、ドクターと衛生隊員の姿はなかった。煌々と灯されていたライトは消され、室内は薄暗かった。診察台から簡易ベッドに移されているのに気づいた。そして傍らには、布で包まれた新生児が寝かされていた。産婦が目覚めたのに気づいた女将は、

「気分はどうかしら」と心配げに顔を覗き込んだ。

「有難うございます」

みさはようやっと掠れた声で礼を言い、新生児の方に手を延ばした。すると女将は、言葉を詰まらせながら、

「ベビーは亡くなりました」と告げた。

「死産ではなく、ついさっきまで息をしていたんだけど、心臓が止まってしまって」

みさはまた手を延ばし、白い布を取り除いて赤児の顔に視線を向けた。すけるように白い頬、栗色の髪毛、自分とは似ても似つかぬ赤児だが、七ヶ月ものあいだ自分のお腹の中にいたのだと思うと不憫だった。望まぬ出産とはいえ、その死を肯定する気にはなれなかった。

「産後まもない人に言うべきことではなんだけど、話さないとまずいんでね」

女将は冴えない顔でそう念をおしてから、

「あなたを連れて帰るってドクターに言ったんです。そうしたら産婦は淋病に感染しているので、帰宅は認められない。明日日本の警察が、産婦を強制入院させる。病院では産後の様子を診ながら治療をする。産婦にも話し了承してくれって言うんですよ」と伝えた。

「いつそんな病気にかかってたのかしら。随分用心してたし、覚えがないわ。でもいうことを聞くしかないですよね」

みさはそう力なく呟いた。

「せめて赤ちゃんを火葬して弔ってあげたかったんだけど、それも駄目だって言われてしまった。

ベビーの死因は不明だが、細菌感染によるものらしいのね」

「よくしていただいて」と言ったきり、その先がつづかず涙ぐんだ。

「ドクターも衛生隊員も、ほんとよくしてくれましたよ。あっちにお礼を言ってくださいな。でも今夜ここに泊まって見守りたいって頼んだんだけど、それも断られてしまった。そりゃあそうよね。ここは米軍の施設だもの」

女将は苦笑いを顔に浮かべた。米軍人らしい風格のあるドクターと、神経質そうな金髪の若い衛生隊員の顔が思いだされた。死の狭間にいて、この人たちに救われたのだと感慨ひとしおだった。

「入院先が分かったら、下着や寝間着をとどけますよ。でも貴重品はどうします。現金や貯金通帳とか。明日ここに持ってきましょうか」

「現金は多少いるでしょうが、申し訳ありませんがあとは女将さんが、預かっておいてください」

「分かった。退院するまで部屋に鍵かけて、ドロボウさんが入らないようにしておくからね。そうだ。この羽織着てちょうだい。お便所に行くときなんかに、寝間着の上に引っかけるといい。人絹ものだけど」

女将は羽織っていた粋な縞模様の羽織を脱ぎ、上掛けの軍隊毛布の上に置いた。母親の暖かさに似たものを感じ、みさは胸が熱くなった。

女将が帰ってからしばらくすると衛生隊員が見回りに来て、異常がないことを確かめると部屋の灯りを一段と暗くした。ひとりになると静かさが際立ち、遠くから潮騒の音が微かに聞こえてきた。ただひたすら切なくて、生きていることが哀しかった。

淋病患者だと知らされ、力尽きたという無力感に囚われずにはいられなかった。明日、強制入院させられるという現実が、どうしても受け入れられない。性病専門の病院では、監獄と同じで屈辱に満ちた辛い毎日だと、退院したパンパンから聞かされていたので拒絶感が強かった。

みさは簡易ベッドから身を起こしてゆっくりと立ち上がり、素足のままベニヤ板の床を歩いた。カマボコ兵舎の出窓には、蚊帳でできた網が張られていたが、そこから夜の海がかいま見られた。漁り火かと見まがう、数知れぬ軍艦のあかりが湾いっぱいに点在していた。それはたとえようもなく美しく、また恐ろしい光景だった。

ベッドに戻って寝間着の乱れを整え、女将から施された羽織に手を通した。そして赤児の亡骸をそっと抱き上げ、「ご免なさい」と詫びながら頬ずりをした。冷たい頬に涙が滴った。一歩また一歩と出入り口に進み、女将が出ていったドアを押すと、難なく開いた。

カマボコ兵舎から一足外へ踏みだせたのでほっとしたが、素足なので足の裏にひんやりとした感触があった。

間門小学校までの坂道をゆっくりと歩き、そのさきの海岸にようやっとたどりつくと、絶え間ない潮騒の音が聞こえた。潮風が荘厳なそれでいて鋭い響きで大空を舞いつづける。真夜中の砂浜に死んだ赤児を抱いてたたずむ姿は悲愴で、飛び散る海水の飛沫を全身に浴びていることも、打ち寄せる波に足元をさらわれそうになっていることももはや知覚していない。危うい狂気を心に孕み、死と対峙している者の恐怖と不安が自分を追いつめる。

さまざまな忌まわしく辛い記憶が、収めようもない苛立ちとなって身心を揺さぶりつづける。ふと死こそ救いではないか、という無情の想念にとらわれた。心の底にわだかまっていたものが、溶解していくのが分かった。

吹きつのる海風の音の中に、空爆で犠牲になった死者たちの、悲痛な叫び声が混在していると感じた。それはあちら側からの、強い伝達事項だという気がした。

和雄兄の手紙に書かれていた「世界ぜんたいが幸福にならないうちは個人の幸福はあり得ない」という詩人の言葉が思いだされた。

苦痛とも快感ともつかない感覚に浸されながら、みさは赤児を胸に沖へ沖へと進んでいった。生と死との狭間に横たわる、悠久の時が流れていた。もはや引き返す体力はなかった。

一瞬、軍艦の明かりがすべて消え、あたりは真の暗闇と化した。やがて闇の虚空が開けいっきに真昼の明るさと化した。凪いだ海の上を、大学の校旗を先頭に剣を担って行進する出陣学徒の姿があった。みさの脳裏に焼き付いている、忘れ難い明治神宮外苑の壮行会の光景だった。突如、あの日全員が斉唱した『海ゆかば』がどこからともなく聞こえてきた。

海行かば　水漬く屍
山行かば　草生す屍
大君の
辺にこそ死なめ
かへりみはせじ

あの日、女子学生は出陣学徒をスタンドから見送ったが、多くの学徒の御霊は帰らぬ人となった。みさは思う。和雄兄が水漬く屍となったのなら、わたしも同じなのだ。ただ大君のためではなく、市井の若い女性を守るためだったと。

再びもとの光景に戻った大海原に向かって、みさは進んでいった。

了

参考文献

『国家売春命令物語』小林大治郎・村瀬明共著　雄山閣発行
『敗者の贈物』ドウス昌代著 講談社発行
『横浜の空襲と戦災』横浜市・横浜の空襲を記録する会編集　横浜の空襲を記録する会発行
『学徒出陣』蜷川壽恵著　吉川弘文館発行
『きけわだつみのこえ』日本戦没学生手記編集委員会編集　東京大学出版会発行
『ニッポン日記』マーク・ゲイン著　筑摩書房発行
『敗北を抱きしめて』ジョン・ダワー著　岩波書店発行
『ワシントンハイツ――GHQが東京に刻んだ戦後』秋尾沙戸子著　新潮社発行
『占領と性』恵泉女学園大学平和文化研究所編集　インパクト出版会発行
『日本の貞操』水野浩編集　蒼樹社発行
『ねずさんのひとりごと』ねずさんのサイトにある「小町園の悲劇」（新人物往来社「昭和二十年八月十五日敗戦下の日本人」から抜粋）より

＊本文中、人名の敬称は略させていただきました。また、現在では差別語とされる語彙もその時代を表現するものとして使用しましたが、それを是認するものでは決してありません。

■著者紹介
長嶋公榮（ながしま・きみえ）

1934年東京生まれ。昭和女子大学卒業。鎌倉市在住。

伊藤桂一氏に師事。1985年同人誌「グループ桂」の主宰者。

1997年「温かい遺体」が女流新人賞最終候補に。

1998年「はなぐるま」が北日本文学賞選奨に。

2002年「残像の米軍基地」で新日本文学賞佳作に。

2003年「幻のイセザキストリート」で新日本文学賞佳作に。

著書に『昭和イセザキストリート——東京大空襲余話』（文芸社）。『赤い迷路——肝炎患者300万人悲痛の叫び」（竹内書店新社）など。

「国家売春命令《こっかばいしゅんめいれい》」の足跡《そくせき》

2015年8月15日発行　　定価は、カバーに表示してあります

著者　長嶋公榮

発行者　竹内淳夫

発行所　株式会社　彩流社

〒102-0071　東京都千代田区富士見2-2-2
TEL 03-3234-5931 FAX 03-3234-5932
ウェブサイト　http://www.sairyusha.co.jp
E-mail sairyusha@sairyusha.co.jp

印刷　倉敷印刷株式会社
製本　株式会社難波製本
編集協力　編集企画室 創房 神崎東吉
装幀　矢野徳子＋島津デザイン事務所

乱丁本・落丁本はお取り替えいたします。　　ISBN 978-4-7791-2173-9 C0021

みかどの朝

978-4-7791-1113-61　C0021(05. 08)

大日本帝国最期の四ヶ月　　北川愼治郎編著　小鷹和美 イラスト

昭和20年4月から8月までの四ヶ月間を、軍人をはじめ、高松宮、侍従入江相政、迫水久常、下村海南、永井荷風、高見順、大佛次郎、徳川夢声などの日記や回想録で多面的に活写。終戦への様々な相貌。カラー挿し絵15点　図版30点。　四六判上製　3,800円＋税

慟哭のシベリア抑留

978-4-7791-1573-8 C0022 (10. 10)

抑留者たちの無念を想う　　阿部軍治著

・なぜシベリア抑留は起きたか？・どこに収容されたか？・犠牲者がなぜ多く出たか？・抑留者たちは何をさせられたか？・犠牲者たちは何処に眠るのか……。・鎮魂とは？　多くの疑問に答えるとともに遺骨収集も進まず、犠牲者の数も未だ不明の現実を訴える。　四六判並製 1,900円＋税

定本　沖縄戦

978-4-7791-1797-8 C0020 (12. 06)

地上戦の実相　　柏木俊道著

66年間の沖縄戦の研究成果（公式戦記、個人戦記、市民手記、同聞き書き、評論・研究書等）を一冊に取り入れた定本は今までなかった！　県民・アメリカ・日本軍の三者の視点で描く最新版の入門書。　A5判上製 2,800＋税

鉛筆部隊と特攻隊

978-4-7791-1799-2 C0021 (12. 07)

きむらけん著

太平洋戦争末期、信州松本の浅間温泉に滞在中の特攻隊と世田谷の代沢小学校の学童疎開生徒たち（鉛筆部隊）との間には心温まる交流があった。様々な人々の証言と歴史を掘り起こし、挿話が紡がれる感動ノンフィクション。　四六判上製　2,000円＋税

赤紙と徴兵

978-4-7791-1625-4 C0036 (11. 08)

105歳 最後の兵事係の証言から　　吉田敏浩著

兵事書類について沈黙を通しながら、独り戦没者名簿を綴った元兵事係、西邑仁平さんの戦後は、死者たちとともにあった―全国でも大変めずらしい貴重な資料を読み解き、現在への教訓を大宅賞作家が伝える。渾身の力作。　四六判上製　2,000円＋税

往復書簡　広島・長崎から 戦後民主主義を生きる

4-7791-1817-3 C0036 (12. 10)

関 千枝子／狩野美智子著

広島と長崎で被爆した80歳と83歳の女性。空襲や原爆、戦中の暮らしを経験し、深い心の傷を負いながらも戦後民主主義の中でわくわくするような時代を経験した。今は語られることのないその時代に教育を受け働きながら子育てした二人の証言。　四六判並製 2,500＋税